ホワイト
ルーキーズ4

佐竹アキノリ

White Rookies 4

Akinori Satake

contents

illustration / ふすい

White Rookies 4

Akinori Satake

イラスト／ふすい
装丁・本文デザイン／5GAS DESIGN STUDIO
校正／福島典子（東京出版サービスセンター）
DTP／伊大知桂子（主婦の友社）

この物語は、フィクションです。
実在の人物・団体等とは関係ありません。

プロローグ　予防接種

二〇二一年二月、空知《そらち》総合病院の講堂には職員たちが集まっていた。

「これまで予防接種で具合が悪くなったことはありませんか？」

問診を行っているのは、一年目研修医の沢井詩織《さわいしおり》である。今日は職員のワクチン接種日であった。

そのため彼女が向き合っているのは患者ではなく、普段病棟で見かける看護師の佐藤《さとう》であった。

「ありません」

佐藤ははにかみながら答える。職員同士のやりとりとなると、ぎこちなくなってしまう。

ワクチン接種は、職員たちにとっては日常的に行っている業務内容であるため、自分たちが受けるとなると、ごっこ遊びをしているような面はゆさがあるのだ。とはいえ、形式的に問診は行われる。

佐藤はまだ若手であり、初々《ういうい》しさが残っている。院内のスタッフもときおり、患者として受診することもあるため、大きな違和感はない。

しかし……。

「お、沢井先生、頑張ってるね」

佐藤の問診を終えて、次に沢井の前に現れたのは、ベテラン内科医の小森《こもり》であった。

彼は沢井の父親の知り合いであり、沢井がこの空知総合病院に赴任してからもいろいろとよくしてくれていた。

しかも、来年度からは院長になるという噂《うわさ》もある。

そんな指導医に対して、沢井は問診を行う立場なのである。研修医でありながら！

（き、気まずい〜！）

とはいえ、業務はきちんと行わなければならない。

沢井は問診票を見ながら、小森に尋ねる。

「今日の体調はいかがですか？」

「いやもう、寝不足で最悪だね！」

そんな小森の冗談に、周囲の職員たちが笑う。

一方で沢井は苦笑いするばかりである。体調不良の人に接種はできないので、どうしようか、と考える。普通の患者であれば、やめておきましょうという話で終わるのだが、小森は元気そうなので問題ないことにした。

そうして確認事項を済ませてから、沢井は問診票にサインをした。

「問題ありませんので、あちらの列に並んでください」

「はいはい、どうもね」

小森が接種の列に並ぶ。その間隔は広く取られており、今が新型コロナウイルス感染症の影響下にあることを実感させられる。

マスクを着けよう、人との間隔を空けよう、会話や外出を控えよう、などとさまざまな自粛が行われるようになった。

けれど、それももうすぐ終わるのではないか、という期待があった。

今、接種しているのは新型コロナウイルス感染症のワクチンである。異例の速度で開発され、医療現場に優先的に回される運びとなった。

職員の中には、安全性がわかっていない状況であるため、できれば打ちたくはないという声もあった。しかし、自分が感染源となってはならないという考えは共有されており、大勢が接種を希望していた。

（これが済んだら……もうすぐ、日常に戻れるのかな）

沢井はおよそ一年前の生活を思い出そうとするが、研修医として入職してからの日々が濃密だったせいで、遠い昔のようにも感じられた。

沢井はそれからも問診を続ける。

尋ねるのは問診票に書かれている内容の確認だ。同じ言葉を何度繰り返したかわからない。

――体調はいかがですか。予防接種で具合が悪くなったことはありませんか。アレルギーはお持ちですか。

問診票の項目ではあるのだが、時折、回答欄に記載もれがあったり、本人が問題と感じていない場合があったりするため、確認している。とはいえ、それも医療従事者相手では問題にならない。

基本的に予防接種で大きなトラブルは起きないし、退屈な業務とも言える。けれど、アナフィラキシーという呼吸困難や動悸《どうき》などを呈する重いアレルギー症状を来《きた》すことがあるため、その場で医師が対応できる必要があった。

（緊張するな……）

なにか起きたときのことを考えると気が引き締まる。

沢井がアナフィラキシー対応のマニュアルをちらりと眺めていると、バタンと音が聞こえた。

「大丈夫ですか⁉」

慌てた声とともに、駆け寄る職員たち。対応は非常に早い。

沢井も問診を中断して、すぐに騒動の現場に向かう。先ほど話していたばかりの佐藤が倒れていた。

「佐藤さん、わかりますか？」

声をかけると、弱々しい反応がある。

「バイタルの測定をしてください。救急カートを持ってきてください」

沢井が告げたときには、すでに職員たちが血圧計などを持ってきていた。

まずは呼吸と脈を確認する。脈は遅くなっているが、大きな異常ではない。聴診器をさっと用いて心音と呼吸音を聞く。特段の異常はなし。

「血圧94の56です。脈は45回、酸素飽和度《サーチ》は98％です」

職員が測定結果を伝えてくる。

血圧は低く、徐脈の状態だ。

沢井は佐藤の様子をざっと眺める。皮疹《ひしん》などはなく、血色も悪くない。

（アナフィラキシー……ではないよね）

もしアナフィラキシーなら発疹《はっしん》やかゆみといった皮膚症状、息苦しさなどの呼吸器症状、血圧低下などの循環器症状、腹痛や嘔吐《おうと》などの消化器症状が出るため佐藤に確認するも、それらの診断基準を満たしてはいない。

これは……。

「迷走神経反射《めいそうしんけいはんしゃ》かな？」

ひょいと顔を覗《のぞ》かせたのは小森である。

ベテラン内科医である彼が来ると、沢井はほっとする。

佐藤も目を開けて、ゆっくりと声を出した。

「その……すみません」

「いえ。頭をぶつけてはいませんか？」

「大丈夫です。……注射とかされると、たまにこうなってしまって……」

申し訳なさそうな顔をする佐藤である。

注射自体の刺激によって神経の反射が起こり、倒れる人は珍しくない。自然と体調が戻るのを待つことになる。

沢井は重篤な状態ではなくてよかったと安心する。

（……今回は違ったけど、本物のときもあるよね）

宝くじが当たるような確率とはいえ、ずっと続けていれば、いずれ巡り会う機会はあるだろう。

今は職員の接種だから、周囲の皆がすぐに対応できるし、医師すらも何人か現場にいる。けれど、医師として独り立ちをしたのなら、自分が責任を負わねばならない。

ある程度業務に慣れてきたとはいえ、不安がつきまとうのが医師という仕事だ。

「いやはや、何事もなくてよかったね」

小森は笑う。

沢井は釣られて口角を上げつつも、やや引きつった表情だったのは否めない。

「本当にそう思います」

小森は接種会場を眺める。佐藤のほかに具合が悪そうな人はいない。

「コロナもこれで終わってくれるといいよね」

「集団免疫ができたら、終わるでしょうか？」

まず医療従事者が接種するが、いずれは高齢者や全国民が接種するようになるだろう。

「どうだろうね。ウイルスが変異して効かなくなるかもしれないよ。インフルみたいにいたちごっこになるかもしれないし」

「先生、夢がないですね」

「おっと、これは失礼しました」

小森は肩をすくめる。

そんな彼もまた、本当に終わるといいよね、と告げる。

現場が落ち着いたら、業務が再開される。沢井は席に戻ってから、列を成す接種者たちに対して同じ質問を繰り返す。

平和な世界に戻りますように、と祈りながら。

1　求める場所

医局の研修医ブースに戻ってきた沢井詩織は、同期の朝倉雄介《あさくらゆうすけ》を見つけると、少し嬉《うれ》しそうな顔になった。

けれど、それを彼に悟られないように平静を装って声をかけた。

「朝倉、お疲れさま」

「お疲れ。もう接種は終わったんだ？」

「うん」

沢井は隣の自席に腰かける。

朝倉を一瞥《いちべつ》すると、彼のタブレット端末に映っているページが目に入る。そこには専攻医募集との文字があった。

研修医も一年目の終わりが近づくにつれて、本格的に三年目以降の進路を決め始める。人気の病院に行くのなら、年明け早々に見学に行く必要がある。

（朝倉は……何科に進むのかな？）

そう考えていると、地方の名前が目に入った。

北海道の地方となると、都市部から何十キロと離れている場合も珍しくない。

三年目は、大学病院やそれに準じた大病院のある札幌《さっぽろ》や旭川《あさひかわ》で研修する、あるいは大学のプログラムに所属した上で地方都市に派遣されるのが一般的だが、お互いに地方に行ったら、気軽には会えない距離になってしまう。

北海道の端と端では大阪と東京もの距離になってしまうが、新幹線は走っておらず、公共交通機関では十時間以上かかることもざらだ。

（もし、朝倉が遠い病院に決めたら……）

まだ決まったわけではないというのに寂しさが去来する。

――彼に行ってほしくない。

しかし、付き合い始めたばかりなのに相手の進路を縛るのは重いのではないだろうか。自分だって全然、将来を決められていないのに。

沢井が気持ちを伝えられずにいるうちに、朝倉はタブレットのカバーを閉じた。

「上の先生方は、割のいいワクチンバイトに行ってるってのに、俺らは無償でご奉仕だ。研修医の存在感なんて、ミジンコみたいなもんだよな」

朝倉がおどけつつ言う。

沢井はふと我に返って、なんの話かと考える。そして先ほど、ワクチンの接種の問診から帰ってきたばかりだと思い至った。

上級医たちがいるほうにちらりと視線を向ける。ブースはパーティションで仕切られているため、まったく見えないとはいえ、大きな声では聞こえてしまう。

沢井は小声で朝倉に返す。

「研修医の中ではもらってるほうだから……」

「そうなんだけどさ。もらえるもんは欲しいだろ。医者ってのは、善意と押しつけで仕事が回ってるんだから。自分から権利は主張しないと、いいように使われるだけだぜ、この仕事」

「一理あるかも」

人がいい医師のところには患者が希望して集まり、外来は忙しくなる。ほかの先生ではなく、その先生に診《み》てほしい、と人数が偏る場合も多々ある。

さらに専門的な領域に関する知識が多ければ、そうした疾患の患者も院外から紹介されるし、幅広く診られる能力があれば、院内ではなにかと頼りにされる。

そうして時間が取られる一方で、多くの病院では年次に応じて給料が決まる例が多く、手術などに対する手当てがつくこともあるが、仕事の量や質に左右される部分はさほど多くはない。

働けば働くほど、有能であればあるほど、患者のために断らずに引き受けるほど、仕事量だけが増えていく側面がある。

研修医の身とはいえ、人のいい医師が割を食っている姿はよく目にしている。

最近の若手医師はとりわけ、そうした側面を重要視する傾向があった。自分は馬鹿を見たくないのだと。

熱心に働けば報われた時代は終わった。診療報酬は削られて開業しても儲《もう》からなくなったし、製薬会社からの派手な接待は消滅した。いずれはＡＩに仕事を奪われると言われ、「お医者様」どころか、クレームをつけられるサービス業に成り果て、ネットの口コミではあることないことを書かれてしまう。

そんな状況で、自分の将来を考えた結果だろう。朝倉はとりわけ現実主義者だから、こうした考えに傾倒しやすいとも言える。

――じゃあ、自分は？

父が大切に育ててくれたから、お金に不自由したことはない。あまりこだわりがないとも言える。

しかし、だからといって、医学に全身全霊を捧げられるかと尋ねられたら、とても首を縦には振れない。

研修医の間に、患者さんとの付き合い方はいろいろと学んだし、考え方も変わってきた。助けたいと思う瞬間はあるし、医学の面白さを感じる内容もある。

けれど、今の心境で一番大きいのは、これから先やっていけるのか、大丈夫なのか……という不安だった。

研修医を続けるうちに、だんだんと自分の裁量で行える業務も増えてきた。それは同時に責任が伴うということでもある。

――三年目以降は、自分だけでなんとかしなければならない。

先ほどの問診中の出来事もそうだった。自分で決断するという、人の命を預かることと隣り合わせの重大さがある。

こうした側面は、真面目に取り組む人ほど感じやすいのかもしれない。

「沢井は何科がいいんだ？」

朝倉に尋ねられて、沢井は答えに窮した。

「皮膚科を回ってから決めようかなって。眼科もいいかもって悩んでる」

「沢井には向いてるかもな」

朝倉の言葉に、沢井は後ろめたさを覚えてしまった。

嘘《うそ》をついているわけではないが、本当に自分の興味の向かう先かと言われると、自信を持って答えられないから。

科ごとの重要度や学問としての難しさなどは別として、人が死なないという観点から選ぶ者も少なくない。

重症患者が運ばれてきたとき、気持ちが高ぶる者もいれば、何事も起こらず済んでくれと縋《すが》りたくなる者もいる。

急な対応で慌てやすいかどうかなど、気質の適性もある。

適材適所で頑張ればいいとはいえ……。

（逃げ、だよね）

度胸のない自分から沢井は目を背けたくなった。

話を変えようと思って、朝倉はどうなのかと尋ねようとしたとき、大きなあくびをしながら歩いてくる同期の風見司《かざみつかさ》が見えた。

「ふあぁ……」

「おいおい、もう夕方なんだが。随分長い昼寝だな」

朝倉がからかうと、風見は目を擦《こす》りながら抑揚のない声で返す。

「当直明けなんだ。夜中に救急車が三台も来て全然眠れなくてさ。さらに今日は午前中に緊急オペが入って、人手が足りないからずっと鈎引《こうひ》きしてたんだ」

風見は「疲れたなあ」と言いつつ、手をぶらぶらと振る。

開腹手術では、術野《じゅつや》を確保するために、筋鈎《きんこう》と呼ばれる道具で筋肉を引っ張る作業を要するのだが、なかなかの肉体労働なのだ。

「今は外科ローテか。うちは直明けでもお構いなしに手術に入るから、きついよな」

「そうなんだよ。定期手術のある曜日と被《かぶ》らないようにずらして当直日を決めてたんだけど、緊急オペだとそうもいかないから」

医療はどうしても予定通りとはいかず、不確定要素が含まれる。余力もないため、緊急の業務がねじ込まれた際は、特にくたびれがちだ。

沢井は風見をまじまじと眺める。

「その割に元気そう」

「確かにな。一年前なんて、最初の当直が終わったとき、死んだ顔してたのにな」

「あの頃と比べたら、慣れたからなあ。僕ももう三十を過ぎたから体力は衰える一方だけど、見たことない疾患の患者さんはもうあまり来ないし、気持ち的には楽なんだ」

救急外来では同じパターンの患者に何度も出くわす。もちろん、その中でも希少な疾患を見逃すわけにはいかないが、基本的にはルーチンの対応で済む場合が少なくない。

そんな風見の対応に、沢井は表情を曇らせる。

（皆、成長してるよね）

風見は当直にたくさん入っており、かなりの経験を積んだからこそ慣れている。

一方で自分はどうだろうか。

もうすぐ研修医の一年目が終わる。二年目になったら後輩ができて、彼らの指導も多少なりとも担《にな》わねばならない。

そこまでの実力はついただろうか。

今でも自分のことで手いっぱいだというのに。

「そういえば、清水《しみず》は？　今日は見てないけど」

同期の研修医である清水涼子《りょうこ》の姿は沢井も見ていなかった。少し考えてから、前に彼女から聞いた話を思い出した。

「病院見学に行くって言ってたよ」

「そうなんだ。早いなあ」

「そういう時期だからな。風見はどうすんだ？」

「全然考えてないや」

まったく気にしていない風見に、朝倉は呆《あき》れる。

「おいおい、人気のとこはすぐ席が埋まっちまうぞ」

「人気の病院って、大病院でしょ。王道を外れた僕とは無縁だよ、きっと。空知での生活にも慣れたし、都会に行きたがってる交際相手がいるわけでもないから、田舎でのんびり暮らすのもいいかなあって。そのほうが給料もいいし」

交際相手と聞いて、沢井は朝倉のほうをちらりと見る。

彼の表情に変化はなかった。

「確かに地方に行ったほうが給料はいいが、人手不足で忙しくて当直やオンコールばかり……いや、風見は当直大好きだったな」

「そういうことだね」

「専門医は取らないのか？　新専門医制度が始まっちまったから、地方で取るのは厳しいだろ」

「うーん……正直、肩書きとか興味ないんだよなあ。開業するわけじゃないし、取ったところで最低限の能力を保障してくれる程度のメリットしかないし。僕は大病院に行く気はないから、人手不足のところばかりだし関係ないんだよ」

資格を取る過程の研鑽《けんさん》にこそ意味があると言う医師もいるが、自己学習するのと大きく違うわけでもない。それだけの努力をした、という最低限の保障にすぎないのだ。

「まあ、風見ならどこでもやっていけるだろ。合う場所を必死に探さなくてもさ」

「そうかな」

「風見はこの一年でかなりタフになったからな」

「真っ先に頑丈さが理由に挙がるあたり、医師という仕事はブラックだよなあ」

笑う風見である。

人手が足りない地方の病院にとっては、一番大事な資質を備えていると言えよう。

一方で沢井は、

(私に合う場所は、どこだろう?)

自分の長所や向いている仕事はなんだろうかと考えるのだった。


「清水先生はステロイドは好きかい?」

指導医の安宅《あたか》から突然投げかけられた言葉に、清水は戸惑っていた。

スタッフステーションでカルテを眺めながら、患者の説明を聞いていたところなのだが、今日の指導医とは仮初《かりそ》めの関係だ。

今は初期研修先である空知中央病院を離れて、大学病院の膠原病内科《こうげんびょうないか》を見学しに来ていたのである。

「ええと……必要な薬だとは思っています」

医師になってまだ一年とたっておらず、慣れ親しんだ薬のほうがはるかに少ない状況だ。ましてステロイドは副作用も多く、メリットとデメリットをしっかり判断した上で使用する必要がある。安易に好きかどうかは、決められなかった。

安宅は清水の答えに頷《うなず》いた。

「確かに研修医くらいの年次だと、ステロイドは使いにくい薬だって怖がってしまう人も少なくないね」

「安易には入れられないですし、処方のハードルは高いです」

清水はステロイドの使い方を頭の中で反復する。炎症を抑える効果があるが、同時に免疫力も下げてしまう副作用がある。

そして長期間使用してしまうと、外から入ってきたステロイドがあるため、元々体内で作られていたステロイドが産生されない状態になってしまい、急に中止すると副作用が起きる。やめる場合はゆっくりと減量せざるを得ないのだ。

「用法用量もいろいろあるし、エビデンスが確立しているわけではなく人によって主義主張も違うから、確かに難しいね。僕らでもそう思うけれど……まずは基本的な使い方だよね」

「はい。勉強してますが……自分で処方するのには不安があります」

「その考えは大事だし、間違ってないよ。医者としては正しく怖がる必要がある。どんな薬であってもね。どれほど慣れ親しんだ薬でも……なにか起こるんじゃないかって、疑う気持ちはなくしちゃいけないんじゃないかな。『クスリ』は反対から読むと『リスク』だってよく言うけれど、表裏一体なんだよ」

ありとあらゆる薬には副作用があるのだと安宅は説く。

「必要ない薬を漫然と出すのもよくないよね。薬を変更するのは、それはそれで勇気がいるし、患者さんも病状が落ち着いていたら変更を希望しない場合も多いから、つい処方を継続しがちになっちゃうけれど、いらないものは飲まないに越したことはないよ」

「そうですね。私も気をつけます」

「入院したタイミングで内服薬も整理できるといいね」

毎日状況をチェックできるため、薬を変更したあとの変化を確認しやすいのである。

安宅は電子カルテに目を向ける。

「我々膠原病内科医《こうげんびょうないかい》はステロイドをよく使うんだけど、やっぱり投与量が多いうちは、感染のリスクも大きいから、入院で診《み》ることが多いよ」

最初に高用量で開始し、症状が落ち着いたら漸減していくのが一般的だ。

「すぐに減らせないですよね」

「そうだね。再燃したら元も子もないからね。二週間おきに一割ずつ減らしていく方法もよく使われるんだけど……長い付き合いになるね」

安宅が患者の紹介を始めるので、清水はそのカルテを見る。全身性エリテマトーデス《SLE》という自《じ》己免疫疾患《こめんえきしっかん》の女性である。

ステロイドが減量されていく様子がわかるが、それ以外に特段の情報はなく、「変わりなし」と記載されている日が多い。

じっと見つめる清水に対し、指導医は言葉を投げかけた。

「つまらないでしょ？」

「い、いえ！　そんなことは……」

慌てる清水とは対照的に、落ち着いた安宅である。

「気を遣わなくていいよ。僕が見てもつまらないカルテだなって思うし。だって、ステロイドを減らし続けてるだけなんだから、なにも楽しいことなんてないでしょ。でも、僕はこういうカルテを見ているのが幸せだなあ」

「と言いますと……？」

「なにもないのが一番なんだよ。副作用が起きるとか、疾患が再燃するとか、そういう出来事があると、対応に追われて記載が盛りだくさんになる。だから、つまらないカルテが一番、順調なんだ」

清水は素直に感心する。

確かに患者にとっては、医師が退屈だと思うほどに何事もないのが一番だ。

指導医が電子カルテをスクロールし、昔の記事に遡《さかのぼ》っていく。

「今はこんなにも、なにもない患者さんだけど、最初は本当にひどかったんだよ。ほら」

最初に大学病院を紹介受診した際には大量の記載がある。

検査データは非常に悪く、全身性エリテマトーデスにより腎不全となり、透析《とうせき》の寸前にまで陥っていたようだ。診断となった根拠や治療方針など、文字がびっしりとカルテを埋め尽くしている。

「最初にしっかりした診断をつける。それが僕らの仕事だよ。テキトーな診断をつけて、なんとなくステロイドを使って、とりあえず熱が下がったからよしとする……そんな医者もいるけど、それだとステロイドの調整は根拠不明になって切れないし、本当の病気がもうわからなくなる」

炎症が落ち着いてからでは、検査の結果も変わってしまうのだ。

「我々膠原病内科《こうげんびょうないか》にはこれといった手技はないからこそ、知識と経験を積んでいかないといけない。処方にはっきりしたエビデンスがない疾患もあるし、だからこそ考えることをやめてはいけないと思うんだ」

安宅の熱弁に、清水は感じ入る。

誇りを持って、この科の仕事をしているのだと。

「といっても、じっくり検査していられない場合もあるけどね。待ってたら患者さんの命取りになる場合とか。……なんにせよ、ステロイドは本当に大事な薬なんだよ。自己免疫疾患《じこめんえきしっかん》であれば、なくてはならないと僕は思う。小さな錠剤だけど、そこに患者さんの命がかかってるんだ」

「大変だし、大切な仕事ですよね」

「まあ、医者の仕事で楽なものなんてないと思うよ。どこに行っても、それぞれのやりがいや苦労はあるものだからさ」

そういう彼の姿に、清水は医師としての心構えを感じるのだった。

「それじゃ、回診しようか」

清水は安宅とともに病棟を歩き始める。

いつもと違う病棟だから勝手が違う。スタッフや患者たちもまるで別だ。

安宅は患者に淡々と声をかけていく。

「今日もお変わりありませんか」

「おかげさまで」

「血糖《けっとう》も問題ありませんし、順調ですね」

問題ない患者のところは、回診もあっさり終わる。患者にとっても、特別相談したいこともないのだろう。

そして先ほどカルテを見ていた全身性エリテマトーデス《SLE》の患者の部屋につくと、清水は少し緊張する。

三十代の女性は、彼に気がつくと居住まいを正した。

「先生、おはようございます」

「おはようございます。調子はお変わりありませんか？」

「ええ。少し太ってきた気もしますけれど……」

彼女はお腹《なか》周りを撫《な》でる。

長らくステロイドを使っていると、中枢性《ちゅうすうせい》肥満《ひまん》という体幹部に脂肪がつく副作用が出てきてしまうのだ。

「ステロイドの影響は少なからず出てしまいますね」

「病院だと運動もしないから仕方ないですよね。でもあのときのつらい思いに比べたら、全然大丈夫です！」

彼女は少し丸くなった顔に笑みを浮かべる。

その笑顔の裏には、相反するつらい思いがあったのだろう。人はなにかと状況を比較して判断するものだ。

清水が研修に来る前の出来事とはいえ、そう推測してしまう。

「それじゃ、また来ますからね。なにかあったら教えてくださいね」

「はい。ありがとうございます」

患者に見送られ、二人は部屋を出る。

清水は安宅に感想を漏らす。

「初めてお会いしましたが、普通の方ですね」

「そうだね。膠原病《こうげんびょう》の患者さんだと落ち着いているときは特にそうかもしれないね。……だけどさ、患者さんは全員、普通の人と言えば普通だけれど――全員、普通じゃないから入院しているわけでもあるんだよ」

それぞれ普通の生活、他人と特別変わらない個人としての日常があり、一方で疾患という病院に来なければならない理由がある。

「我々は医師である以上、その人の病気の部分にフォーカスして対応するわけだけど、そうじゃない部分も大事にしてあげないといけないよね」

それは患者としてではなく、人として向き合うということだ。

「特にさ、うちの科だと全身性エリテマトーデス《SLE》の患者さんも多いからね。誰しも年を取ったら生老病死を考え始めるものだけど、若年発症だと病気なんて全然考えていなかった患者さんも多くて、受け入れがたいときもあるよね。なんで私が急にって」

突如として生活や世界の見え方が変わってしまう。

「医師として診断をつけた瞬間から、その患者さんは病名とともに生きていくことになるんだよ。……だからこそ、いい加減な仕事なんてできないよね」

人の人生を左右する決断を下す重みがあるのだ。

清水は未熟な自分がなんと言葉を返したらよいのか悩んだが、「私もそう思います」とだけ告げた。

知識や経験が足りずとも、意識は彼の言うようにありたいと思ったから。

真面目な話をした後、安宅は落ち着いた調子に戻る。

「さて、次はリウマチ性多発筋痛症《PMR》の患者さんだよ」

案内されて入ると、高齢女性が二人に気づいた。

彼女はベッドの上で正座し、深々と頭を下げた。

「先生、このたびは本当にありがとうございました」

「そんなにかしこまらないでください」

「とんでもないです。先生は恩人です。先生がいなかったら、どうなってたことか……」

時代による考え方の違いか、高齢患者は医師に対して非常に感謝する人も多い。リウマチ性多発筋痛症は肩や腰など四肢近位部の痛みを訴える疾患だが、ステロイドが非常に効果的であり、治療効果が目に見えるのだ。

（そっか……手技だけじゃないよね）

疾患の治療において手術することは目立ちやすいが、目的は治療行為そのものではなく、手段がなんであれ、患者の病気がよくなることだ。

清水は手技にこだわらなくてもいいのかも、と考える。

「もうそろそろ、退院も考えましょうか」

「大丈夫なんでしょうか？」

「外来で診《み》ていきますから、ご心配なさらないでください」

「よろしくお願いいたします」

二人は病室を出たが、少し離れたところで安宅が告げる。

「いろいろと検査して、結局ステロイドを入れただけだけど……よく効いてくれてよかったよ。感謝されたくてやってるわけじゃないけど、すっかりよくなってくれると嬉《うれ》しいよね」

「そうですね。完全によくならない病気も多いですもんね」

「膠原病内科《こうげんびょうないか》は特にそうかもしれないね。ずっと患者さんと付き合っていくわけだから」

薬を飲み続ける必要がある疾患も多く、長い付き合いになる。

「患者さんとの信頼関係も、ある意味深くはなるのかもしれないね。俺なんかは、まだまだ若造《わかぞう》だけど、上の先生なら何十年もの付き合いの人もいるわけだし」

まだ医師になってから一年とたっていない清水には、遥《はる》か遠くの未来にも感じられたが、いつか自分もそのような関係性を得ることになるのだろうかと思いを馳《は》せる。

彼女の様子を見て、安宅は続ける。

「手技がないのも、悪いことばかりじゃないよ。俺なんか不器用だし、机に向かって黙々と考えてるほうが性に合うし。ある意味では、俺のパフォーマンスを最大限に発揮できる環境というわけだ」

（確かに……！）

清水は納得する。

「私も！　不器用さには自信があります！」

自信満々に告げる清水に、安宅は苦笑いして言う。

「俺と一緒なんだね」

「はい！　……頑張ってはいるんですけれど、苦手です」

不器用さを言い訳にしているわけではないと、清水は慌てて言葉を付け加える。努力した上でも、得意かどうかはやはり違ってくるのだ。

「わかるなあ。俺も手技は嫌だったもん。同期がすぐにうまくなっていくのに、俺は全然でさ。医師がやらないといけない手技って、侵襲性《しんしゅうせい》のあるものも多いでしょ」

患者に対して、痛みや傷などを伴う処置が多いからこそ、医師が責任を持ってやらなければならないのである。

「そうですね。トラブルが起こりにくい処置だと、看護師さんがやってくれるものも多いですからね」

「そうそう。大学病院だと、なんでもかんでも医者がやらされることも多いけどね」

安宅は愚痴を漏らしてから、

「これ言ったら、大学に来なくなっちゃうからやめとこう」

と冗談を口にする。

「……それはともかく。医師になる素質って、受験でも国家試験でも、医学を学び理解できるかどうか、というところしか判断されてこなかったでしょ。だというのに働き始めたら、むしろスタッフや他科の医師とのコミュニケーションや事務作業、手技だの手術だの手を動かすことが求められる。今まで習ってないよって言い訳もできない」

清水はうんうんと力強く頷《うなず》く。

いつもそれで苦労しているのだ。

「だからさ、素質に差があるのも当然なんだよ。でも、俺は俺の向いている場所で勝負すればいいんだ。俺はその分だけ、頭だけはいいからさ」

「確かにそうですね！」

「いや、突っ込んでよ！　俺がナルシストみたいじゃん」

「でも、先生のカルテとか見ると、その通りだと思います」

「医者やってると、化け物みたいな頭脳がごろごろいるからなあ。特に膠原病内科《こうげんびょうないか》とか血液内科とか、手技がない科はね」

考えることが好きな医師が多い傾向にあるのだ。

私にもできるだろうか、と悩む清水を見て、安宅は励ます。

「まあ、気後れする必要はないよ。大事なのは、常にアップデートし続ける努力だと思うよ。どんな名医も、サボったらすぐに時代遅れの医者になる業界だから」

「そこは……大丈夫だと思います！」

体力に自信があるわけではないが、安定して頑張るのは得意だ。

「現実的に、手技がないメリットもあるけどね。夜間の呼び出しとかもさ、消化器だと血を吐いたり血便を出したりしたら緊急内視鏡があるし、循環器だと心筋梗塞《しんきんこうそく》で緊急カテーテル検査もあるでしょ。膠原病だとそういうのはないから」

「それは……嬉《うれ》しいですね」

「体力がある人ならともかく、やっぱり疲れが溜《た》まると次の日に響くし、翌日のパフォーマンスも落ちる。自分の能力を最大に発揮するためにも、寝られたほうがいいと思うんだよ。俺は俺の患者さんの治療に全力なのさ」

休息を取ることも仕事の一つだと彼は告げる。

（かっこいい！）

清水は彼の考えに共感する。

「寝る前にテレビは見ないし、睡眠時間は必ず八時間は取ってる。寝ないと頭働かないほうだからさ」

「徹底してますね」

「でしょ。……先生は緊急呼び出しで『やるぜ！』って燃える派？」

「青ざめる派です！」

元気よく答える清水に安宅も苦笑い。

「そ、そっか……？　じゃあ、膠原病内科《こうげんびょうないか》もいいかもね」

自分には向いているのだろうか？

考える清水である。

（……確かに、そうかも）

向いているかどうか、だけで進路が決まるわけではない。けれど、自分の性格上、向いている科の中で働くほうが合っているのではないか。

自分に合った場所はどこなのだろう。

たくさんの科を浅く回るばかりであり、深くはわからないことがほとんどだ。とはいえ……。

（膠原病は面白いと思うし、候補として……）

「まー、膠原病内科の医者って、一人で机に向かってぶつぶつ言ってるタイプの人も多いし、同僚としては嫌になるかもしれないけどね。ははは」

そんな安宅の言葉に、清水の思考は中断させられるのだった。


空知総合病院の皮膚科外来は今日も混んでいた。

外科の期間を終えて皮膚科を回り始めたばかりの風見は、外来診察室の一室で皮膚科医の土屋《つちや》の診察に陪席しながら強烈な怒号を浴びていた。

「ステロイドですって⁉　あんな恐ろしいものを……とんでもないです！」

目を吊《つ》り上げているのは、五十代の女性である。

彼女のすぐそばでは、小学生の子供が腕をボリボリとかいていた。その皮膚はひどく真っ赤になって荒れている。

初診の患者で、アトピー性皮膚炎の診断がついたところだった。

「テレビや新聞で見たんですよ、ステロイドを使う医者はヤブだって！　患者のことなんて金づるとしか思ってないって！」

かなりの剣幕であるが、土屋は物怖《ものお》じせずに冷静に返す。

「あれは昔の話ですよ。間違った情報が広まってしまったんです――」

「いいえ！　私は知ってるんですよ。本当のことを」

「本当のこと……？」

「医者は製薬会社と裏で手を組んで、薬を出すことが狙いなんでしょう⁉　そんな悪事、私は許しませんからね！」

力強く拳を振り下ろす。

なにかを叩《たた》いたわけではないが、風見は激しい音が聞こえたように錯覚すらしてしまう。

「そうではありませんよ。治療のために必要な薬だから、患者さんをよくしようと思って処方するんです」

「嘘《うそ》ばっかり！　もういいです。そんなステロイドなんて使わなくても、知り合いが自然食でよくなるって言ってましたからね！」

彼女は立ち上がると、子供の手を引いて「ほら、もう行くよ！」と立ち上がらせる。そして止める間もなく退室していく。

風見は振り返る子供と目が合って、胸が締め付けられる思いだった。

（かわいそうに……）

一方で土屋は嘆息し、大仰《おおぎょう》に嘆いてみせた。

「俺みたいな下《した》っ端《ぱ》は病院が儲《もう》かろうが年収は変わらないし、製薬会社が接待してくれることもないんだけどね」

「……まあ、陰謀論ですから」

「赤字になる医療行為なんてたくさんあるけど、患者さんのために必要だからやってるんだけどね。ステロイドを出したって、薬価は安くて儲からないし。ああ言われるとつらいよね」

土屋は電子カルテ上で、先ほどの経緯を記載していく。

トラブルがあった際は、後ほど訴訟になる可能性もあるため、病院や医師はそうした内容に繊細になっており、経緯を詳細に記載する場合が多い。

風見は先ほどの患者の母親とのやりとりを思い返しつつ、カルテに目を向ける。

そこには「これ以上の診察は不可能であり、患者母の強い希望により処方は困難であった」と付け加えられていた。

「土屋先生……帰してよかったんですか？」

「いやはや、困っちゃうよね。風見先生が言いたいことはわかるけど、俺にできることはないと思うよ。母親が頑《かたく》なな以上ね」

「ですが、苦しむのは母親ではなく子供のほうだと思います」

「そうだね。かわいそうだし、医療を受けさせないのは虐待だとも思うよ」

「だったら――」

「とはいえ、現実的に対応は無理なんじゃない？」

土屋に淡々とした口調で返され、風見は口をつぐんだ。どことなく諦観が含まれており、長く診療を続けてきた経験が感じられたから。

「医療は診療契約に基づいて行われるけど、明確な意思表示ができない子供だと保護者が代理人になるでしょ。で、その親があんな具合だ。風見先生は説得できると思う？」

風見には返す言葉がなかった。

あの母親になにを言えば、考えを変えられるというのか。

土屋が診察しているのを傍らで見ていた立場だからこそ、口にできた言葉かもしれない。実際に面と向かっていたら、なんとかできるなんて思えただろうか。

「申し訳ありませんでした」

「責めてるわけじゃないよ。風見先生の考えは正しいと思うし。でも、これが現実だよねえ……。なんで医学の専門家じゃない知り合いの話は鵜呑《うの》みにして、医学を仕事としている人の話は聞いてくれないんだろうね」

「本当ですよね」

「まあ、ろくでもない医者もいるけどさ」

医学的な研鑽《けんさん》を積まなかったり、インチキによる金儲《かねもう》けに走ったりする者も、例外的とはいえ多少はいる。

「アトピービジネスが流行《はや》ったときにうさんくさい医療で儲けた医師もいたけど……先生は時代が違うから知らないかな？」

「大学時代に皮膚科の先生から聞きましたが、詳しくは知りません」

「一九九〇年代にアトピーへのステロイド治療をマスメディアが叩《たた》いたんだよ。恐ろしい薬で、副作用がたくさんある、使ってはいけないって。それを信じた人々が正しい治療をしなくなって、悪化した患者さんがたくさんいた」

もはや正しい知識が間違った情報だと見なされてしまうようになった。

「まともな皮膚科医なら、許せなかったと思うよ。でも、それを正そうと戦った先生は、殺害予告すらされて苦労したみたいだよ。マスメディアの罪だね」

病気というのはかなりセンシティブな部分であり、そこに関わっていくスタッフはトラブルにも巻き込まれやすい。

コロナ禍では、風見もそうした医療の一面を実感してきた。

「まあ、俺も若手だから、時代は違うんだけど……今になってもまだ、あそこまでバリバリのステロイド拒否を示す患者さんは珍しいけどね」

その時代からすでに二十年以上経過しており、ステロイドに極端な忌避を示す人は少なくなった。

風見が物心がついたときには、そんなニュースも見かけなくなっていた。

「若い子でも、親からそういう話を聞かされて、なんとなく怖いなって思う人はいるよ。でも、そういう子はこちらの説明を受け入れる心があるから、丁寧に話をしたらわかってくれることも多い」

「確かに、受け入れる余地があるかどうかで違いますよね」

「うん。だけど、完全に信じ切っている親とか、『俺は間違っていないんだ』って態度で来る人の説得はできないよね」

「間違いを訂正すると、かえって思い込みが強くなっちゃいますよね」

「それもあるけど、丁寧に共感を示しながら寄り添って……なんてできるほど、皮膚科医は暇じゃないし、診療報酬の問題があるからね」

「診療報酬ですか……？」

大学では習わないが、仕事をする上で考えないといけないシステムであり、研修医が直面する事務的な難しさの一つである。

「皮膚科って患者の単価が安いから、じっくり話をする時間を取ってたら赤字になるんだよね。ひたすら数を回さないといけない。国が定める診療報酬では、患者と長く対話しても収益は変わらないからね」

風見は研修医であるため、患者との時間は取るようにしていたが、忙しいとそれもままならなくなってしまう。

土屋は残念なことだけれど、と続ける。

「ほかに患者さんもたくさんいるし、現実的には頑《かたく》なな人は諦めるしかないよ。自分の首を自分で絞める人まで救う余地は現代医学……というか、診療報酬削減を嘆く病院にはないのさ」

「……そうなんですね」

なんだか暗い側面を見たようで、風見は少し気落ちする。

土屋はそんな心情に配慮してか、医学的な話もする。

「もちろん、問診をおろそかにしていいってことじゃないよ。皮膚科でも、たとえば食事はなにをとったか、変なものに触れていないかとか、原因に関する問診もある程度は必要だからね。だけど内科みたいにじっくり話を聞く必要はなくて、まずは皮疹《ひしん》をしっかり見て診断をつけるのが基本だし、大事なんだよ」

皮膚科学としてどう診察して判断すべきかということと、経営上どう動くかということは、また別の話である。

土屋は患者対応に関してはともかく、医学的な部分だけはおろそかにしてはならないと説く。

皮膚科では、そう割り切っていないと多くの患者を診《み》きれないのかもしれない。

「皮膚科に来る患者さんって、診断をつけて薬をもらえればいいって人も多いから、早く診てくれるほうがありがたいんだよ。気持ちを汲《く》んでどうこうって性質の科ではないから」

がんなどであれば話は別だが、一般的な皮膚疾患ではそのようなケースが多い。患者満足度を上げるに当たって、診療にかかる時間も大事な要素である。

集患についても土屋はあれこれと話していた。

「なんだか、先生のお話を伺うとすごく現実的ですね。お金のこともそうですけれど」

「俺は経営も気にするタイプだからね。研修医のうちは気にしなくていいかもしれないけど、年次が上になるほど関わらないといけなくなる」

中には院長や副院長になる医師も出てくるし、無関係ではいられないものなのだろう。

「病院の仕事はたくさんのスタッフがいないと成り立たないでしょ？」

「はい。長くいるスタッフだと、本当に心強いです」

他職種が連携して仕事はうまく回っているが、とりわけ新入職員は病院特有の手続きなども知らないため、風見はいろいろとお世話になっている。

「だけど、病院の売り上げって大部分が医師の行為によるものだから、医師が売り上げを出さないとスタッフの給料が払えない。所詮、俺らはサラリーマンだから、そんなことは経営者が考えればいいって思うかもしれないけど、俺は自分の仕事の範囲内で無責任なことはしたくない」

あくまで自分の考え方である、と彼は強調する。

（自分の仕事に責任を持つって、こういうことなのかもしれない）

赤字を出していてはその診療科も続けられないため、経営を安定させることは病院職員、ひいては患者のためにもなる。

土屋はそこまで話してから、はっとする。

「おっと、仕事をする上で必要な話ではあるけど、それよりもっと伝えたいことがあるんだ」

「と言いますと？」

「皮膚科の魅力だよ。俺は仕事が楽しくてやってるからさ。人付き合いは得意じゃないけど、次々に来る患者さんを捌《さば》いていくのは楽しいもんだよ」

土屋は外来では基本的に楽しそうにしているから、嘘偽《うそいつわ》りない本心なのだろうと風見も感じる。そういう魅力に関しても学べたらいい。

「それじゃ、次の患者さんを入れよう。尾原《おはら》さんって新患だね」

土屋は気持ちを切り替えて、次の患者を呼び入れる。

入ってきたのは高齢女性であった。

「尾原さん、こんにちは。昨日から脇腹が痛くなったということですね」

「そうなんですよ。赤いぶつぶつもできちゃったので、一度見ていただきたくて……」

看護師が尾原のところに行って、「お洋服、失礼しますね」とめくり上げる。右の脇腹から胸の下辺りまで、赤い皮疹《ひしん》がぶつぶつと現れている。

「帯状疱疹《たいじょうほうしん》ですね。痛いでしょう」

「なんとか大丈夫です」

患者に「若い先生が来たので、少し説明をさせてください」と断りを入れてから、土屋は風見に皮疹の説明をする。

「片側性にデルマトームに従って皮疹が出現することが多くて、原因ウイルスは水痘《すいとう》・帯状疱疹ウイルス。幼少期に水疱瘡《みずぼうそう》にかかったら神経節に潜伏して、免疫が低下したときに再活性化して起きるのが帯状疱疹」

風見が頷《うなず》き、土屋は続ける。

「内科でも結構出くわすから、治療まで覚えておくといいよ。内服薬は抗ウイルス薬——アシクロビルとか、新しい薬だとアメナリーフがあるね。後者は腎機能《じんきのう》が悪い人にも使えるよ」

もし、内科や皮膚科以外の科に進んだとしたら、皮膚科にコンサルトするケースが多くなるだろう。とはいえ、地方の病院では、皮膚科医がいない場合は多数ある。

そういう場所では、どんな科であれ、入院中の患者の皮膚トラブルはある程度は自分で診《み》る必要が出てくる。

風見はあれこれとメモを取る。

「水疱《すいほう》が破れて皮膚に感染徴候があれば、抗菌薬を出してあげるといいよ。この辺りは皮膚科らしいでしょ」

「そうですね」

「それから——」

土屋は患者に向き直る。

「夜は眠れていますか？」

「昨日はなかなか……うとうととしても、寝返りを打とうとしたら痛くなって、目が覚めてしまうんです」

「それはつらいですね。痛み止めも出しておきますので飲んでください」

「ありがとうございます」

「この病気は帯状疱疹後神経痛《たいじょうほうしんごしんけいつう》といって、治ったあとも神経に傷が残って、痛みが続くことがあります。服がこすれただけで痛いとか、ぴりぴりした痛みですね。その場合は、別のお薬で対応しますので、また遠慮なくご相談ください」

「わかりました。そのときはお世話になります」

「はい。ではお薬を出しておきます。お大事にしてください」

尾原は頭を下げてから退室していく。

今回は風見に対する説明があったから多少長くなったとはいえ、そうでなければかなりあっさりした診察だ。

「早いと思った？」

「そうですね。あっという間でした」

「皮疹《ひしん》を診て診断がつくのが皮膚科のいいところだよね。最初の頃は、全部同じに見えたけど、違いがわかってくると楽しいんだよね」

土屋はそう言いつつ、電子カルテで薬を処方する。

「今回の診察のポイントは、眠れているかどうかを聞いたところだよ」

「痛みの強さの確認ですか」

「そうそう。最初、『大丈夫です』って言ってたけど、大げさに痛がる人もいれば、我慢しちゃう人もいるからね。客観的に把握するのも大事なわけ」

痛みを数値化してもらう場合もあるが、生活に対する影響の確認が本来の目的であり、そこに直結した質問は使いやすい。

「痛み自体は命に関わらないから、軽度ならまあいいかって、そんなに気にしない医師もいるけど、患者さんにとっては優しいほうがいいでしょ」

「そう思います」

「患者満足度によって手当てをつけてくれる病院なら、一番大事かもしれないね。うちはそんなのないけど。ははは」

土屋は笑うが、風見は真剣に頷《うなず》く。

「なんにせよ……患者さんにはよくなってほしいと思いますね」

「風見先生は優しいね。最近は淡々と仕事する医師も多くなったけど。時代の流れで仕方ないことではあるけどね」

医師と患者の関係も変わってきた。聖職ではなく、医療というサービスを提供する仕事になりつつある。

けれど、それだけの関係ではないようにも風見には思われるのだ。人と人の関係であり、契約だけでは成り立たないように。

「さて、あと三十人。サクッと終わらせよう。ちんたらやってると、飯の時間がなくなっちゃうからね」

土屋は手際よく、患者の診察を行っていくのだった。

皮膚科外来を終えた昼休み、風見は医局の共有スペースに置いてあるお菓子を眺めていた。

地元企業から、医療従事者に対する応援とのことで届けられたものである。

(患者さんとの付き合い方かあ……)

最初の一年間は、医師としての基本的な業務をこなすだけで精いっぱいだった。患者に対する態度や接遇などに気をつけようと心がけてはいたが、端《はた》から見れば、あっぷあっぷしているようにしか見えなかっただろう。

今も新しい科を回ると知らないことばかりだが、それでも一年前と比べたら余裕もできてきた。

「いつもありがとうございます」と書かれた文字に、風見は向き合う。

(応援されるほどの仕事、できてるんだろうか)

救急外来など研修医が主に働く場所では、ある程度はそつなく動けるようになってきていた。とはいえ、自分がこの病院にいるからこそ、地域医療がうまく回っているのだという自負はまだない。

「このお菓子、おいしいんだよねえ」

ひょいと、隣から手が伸びてきた。振り返れば、内科医の中村《なかむら》がいた。

「食後のデザートですか?」

「今日は焼き肉定食のあとに、アイスを食べたから……これは三時のおやつかな！」

中村は大きなお腹《なか》を揺らしながら、そう言って笑う。

呑気《のんき》な中村であるが、風見の様子を見て、「なにかあった？」と尋ねる。

「たいしたことではないんですが……今までは検査や疾患を覚えて、正しい治療ができるようになることばかり考えていたなと思いまして」

「研修医のうちはそうだよねえ……わからないことばかりだから。安全に、患者さんに害をなさないのが第一だからねえ」

「でも、患者さんにとっての医療って、僕らの言葉や態度一つ一つも含めたものなのかなって思うんです」

中村はうんうん、と頷《うなず》く。

「愛想がいい店主が真心を込めて作ったまずい料理と、無愛想だけど調理には余念がない店主の職人技が光る料理の、どちらがいいかってことだよねえ」

「……え？」

なにを言っているのか、風見には理解できなかったが、中村は続ける。

「昔は飲食店って個人の店も多くて、近所づきあいで通うこともあったんだろうけれど、今はドライだよね。空知ですらそういう昔ながらの店は少ないし、都会ならなおさらだよねえ」

「札幌で育ったので……あまりピンと来ませんが、なんとなく言いたいことはわかりました」

「そっか、先生は都会っ子なんだねえ。僕も子供の頃、家の近くにおいしくないラーメン屋があったんだけど、不思議と潰れなかったんだよねえ。あれは店主と仲がいい近所の人が行ってたからなんじゃないかなあ」

（中村先生がおいしくないって言うとは……どんだけまずいんだろう？）

笑顔でなんでも食べそうなのに。

そんな失礼なことを考えてしまう風見であるが、改めて彼の言いたいことを考える。

「料理を食べに来てるんだから、その味がすべてだって考えもあれば、店主とのコミュニケーションも食事の一環だって考える人もいる……ってことですよね」

「そういうこと。医学は内容の善し悪しが患者サイドからはわからないからね。専門的過ぎて、医師が考える名医と、患者が考える名医はまったく違って見える」

医師としては、予後がよいとか、治療の効果やエビデンスを大事にする。しかし、患者はその知識がなく、判断材料にはなり得ないのだ。

そうなると、いかによく説明してくれるか、納得できる材料を出してくれるか、ということに重きが置かれる。

（ラーメンじゃなくて、最初からこんなふうに説明してくれたらいいのに）

風見は苦笑いしつつも、中村のこういうところも、患者からコミュニケーションの取りやすい先生と見られる要素なのかもしれないと感じるのだ。

「特に開業すると、集患に影響するからねえ。いい先生なんだけど、患者受けがよくない先生もいるし」

「組織の中で働く方が向いてそうな先生っていますよね。他科から相談されたとき、フットワークが軽くて親身に話を聞いてくれたり、手技やオペもすぐにやってくれたりするいい先生であっても、愛想がないからって評判悪かったりもしますからね」

「医業がサービス業になるって、そういうことなんだろうね」

時代を経るに連れて、だんだんと特別なものではなくなるのだろう。医師もサラリーマンにすぎないという認識は急激に広がりつつある。

働き方改革が進めば、過重労働は修正され、主治医が三百六十五日担当患者の対応をするという考えも一気に変わるかもしれない。今はその過渡期にいるのだろう。

風見が考えていると、清水の声が聞こえた。

「風見くん。中村先生と二人してつまみ食い？」

「僕はつまみ食いしてないよ」

「あ、これからするところだったんだ」

「ご名答」

風見は言いつつお菓子を口にする。

医師と言っても、普通の人にすぎない。仕事を続けていれば医学に詳しくなり、医師らしくはなっていく。けれど、その専門以外はほかの人々となんら変わるものではない。

清水とこうした雑談をすると、風見は研修医として考えが変わっていく中で、ずっと同じままの意識もあると実感する。

中村は風見に先ほどの話の続きをする。

「まあ、僕たちは謙虚になる必要はあると思うよ。これからの時代、ネットにはあることないこと書かれて、すぐ叩《たた》かれるからねえ。医師の個人情報って、本当に守られていないから、身を守る意味でもね。若手はすでにサービス業の認識があるだろうけど……」

年次が上の医者は、と中村は言いたかったのだろうが、そこで口を閉ざした。彼らは彼らで、その時代の中で、働き続けてきたのだから。

「もちろん、患者さんに唯々《いい》諾々《だくだく》と従う必要はないよ。料理人だって、自分の理想の作り方を否定されたくはないでしょ」

「確かに」

「でも、なにがおいしさの秘訣なのかとか、ちゃんと料理に向き合う必要はあるし、医療も似たようなものなんじゃないかな」

「自分なりの、患者さんへの向き合い方、ということですね」

「そういうことだねえ」

特に医療は、結果が自分の体というプライベートで一生関わっていく部分に影響が及ぶ業界であるから、より繊細になるべきではある。

「たまに医師を辞める人もいるとはいえ……僕らは医学と死ぬまで付き合っていくわけだからねえ」

退職するまでは医療を提供する側として、そして以降は自分が老いて天命を全うするまで、切っても切り離せない関係となる。

清水が少し驚いた声を出した。

「一生の付き合いになるって、あまり考えたことありませんでした」

当たり前のことだが、医療に関わっているからこそ、いずれ自分が受ける側になるという実感がなかったのかもしれない。

風見は頷《うなず》く。

「確かに僕らはまだ若いから、医療を受ける側ではないもんね」

それを聞いた中村は慌て始めた。

「そ、そうだよね……若いから、高血圧とか、脂質異常症とか、生活習慣病くらいだよね！」

彼の体型を見るに、それらがあってもおかしくはないが……。

(中村先生もまだ若いのに)

と言いかけた風見であるが、医学部に行く前に工学部の大学院まで行ったため、実は中村は年次が上とはいえ、年下であることを思い出した。もはや年齢の問題ではない。

言わない方がいいこともある。風見は口をつぐんだままにした。

一方で清水は健康的な生活をしているためか、ほとんど病院を受診した経験がないようだ。

「病院にかかる生活、イメージできてませんでした」

「病気だけじゃなくて、患者さんの生活や周りの部分もイメージして診療できるといいねえ」

中村の言葉に清水は頷きつつも、

「患者さんは先生を頼りにして受診するわけだから」

と付け加えられて、少しばかり体をこわばらせた。

「来年、どういう働き方をしているかも決まっていないけれど……三年目になったら自分が主治医になる環境に放り込まれるんだよね」

上の医師に相談できる環境とはいえ、研修医のときとは異なる。

上級医と一緒に入院患者を診察する場合も多々あるが、外来ではそうはいかない。その場その場でテキパキと捌《さば》いていかなければならないのだ。

「あと一年、されど一年かあ」

長いようで、一人前の医師になるには短すぎる期間のようにも感じられる。

不安を感じる風見に、中村がアドバイスをくれる。

「大丈夫だよ、皆が通る道だから」

医師である誰もが同じ不安を持ち、独り立ちしていく。

(患者さんに誠実に対応できればいいな)

どんな医師になったとしても、少なくとも、そこだけは守れるようにしたいと風見は考える。

まだまだ見えてこない、一人前となった自分の姿を夢想するのだった。

2 朝倉と家庭に向き合う日々

医局の研修医ブースで朝倉雄介がくつろいでいると、二年目研修医の家上《いえがみ》がやってきた。

「朝倉、調子はどうよ？」

「まあ、ぼちぼちだな」

そんな二人の話題は、医学ではなく投資の話である。

二人は大学の元同期であり、その頃からたまに投資の話もしていた。朝倉がいつもタブレット端末で株価チャートを見ていたので、そこから家上も興味を持ったのだ。

朝倉が留年して年次が一つズレたが、空知総合病院に赴任してからは、こうしてたまに話す機会がある。

「最近はいい企業あった？」

「今やコロナバブルなんだから、なに買ってもすぐに含み益が出るだろ。金融緩和が終わるまでは続くんじゃねえの」

各国は新型コロナウイルス感染症による経済の落ち込みをサポートするために、異例の金融政策を行っていた。それによりコロナショックと呼ばれる株価低迷後、すぐさま企業の株価も上昇していた。

「それを期待して塩漬けしとくわ。緩和終わりそうになったら起こしてくれ」

「塩漬けって……この状況で株価が上がらないとか、どんなクソ株買ったんだよ。さっさと損切りしろよ」

朝倉は呆《あき》れる。

家上は投資に関しては、まったくうまくいっていない。やめたほうがいいんじゃないかとアドバイスしたこともあった。

「家上パイセンさ、ほんとセンスねえよな」

「俺は株じゃなくて、企業とその夢を買ってるの。いつかアップルやグーグルのようにとびきりの企業に成長して、株価が百倍になるのを信じてるんだよ」

「それで給料溶かしてたら意味ねえだろ」

「楽しいからいいんだよ。朝倉こそ、損益ばっかり気にして楽しいのかよ？」

「俺は金が必要で、やってただけだからな」

「それは知ってるが……ドライだな」

朝倉は母子家庭で育ち、弟たちへの仕送りもあるため、金銭的に厳しい環境であった。

新型コロナウイルス感染症により、彼らの生活にもダメージは出ていたため複雑な気持ちではあるが、それと株価とはまた別の話だと朝倉は割り切っていた。

「勝つためには淡々と、感情を入れないで判断するしかねえよ」

「もう給料もあるし、弟も来年には就職だろ？　まだ厳しいのか？」

「いや、別に。弟は大学もリモートになって時間あるから、バイトも増やしてるらしくて、今は仕送りもたいしてしてないな。妹にも大学に行けって言ったんだが、高卒で働くって決めちまったから、こっちも学費はなしだ」

朝倉は「これで俺もお役御免だ」と言いつつおどける。

父親の代わりをしようと頑張ってきた。その役割がなくなったのは気持ち的に楽ではあるが、どこか寂しくもある。

「じゃあ、そこまで稼がなくてもいいんじゃねえの？」

「まあ、いろいろ金は入り用だろ。人生設計するにも――」

そのとき研修医ブースに沢井が入ってきたので、朝倉は話を打ち切った。彼女に聞かせるには、ちょっと気が早い気がしたから。

沢井は二人をまじまじと眺める。

「……悪巧《わるだく》み？」

「してねえって」

朝倉は否定しつつ笑う。

さらには隣のブースから二年目研修医の平山《ひらやま》もやってきた。

「うまい儲《もう》け話あんの？」

「ないっすよ。というか、平山さん、株とかやらないですよね。貯金もあるんじゃ？」

「使っちまったんだよ。鞄《かばん》を買ったり、出かけたりしてるうちにさ」

彼にはマッチングアプリで知り合った彼女がいたことを朝倉は思い出した。お金を使ったとしても、彼が満足しているならいいのではないか。

「彼女さん、喜んでたんじゃないですか？」

「『元』な。別れたよ。ほかにも付き合ってた男がいて、いいほう選んだってよ」

「ご、ご愁傷さまです」

「こんなことなら市中病院行きゃよかったぜ。なんで大学なんか選んじまったんだろう」

平山はうなだれる。

たいていは医師三年目からは専門医を取るための専攻医となるが、その際は大学の医局に所属することも多い。しかし、金銭的には市中病院より遥《はる》かに待遇が悪い。

（先輩方もいなくなるんだよな……）

朝倉にそんな考えがよぎる。

もうそろそろ研修医として入職してから一年が過ぎる。それはつまり、二年目研修医たちとはお別れになるということだ。

彼らは皆、別々の病院に行く。長い医師生活の中で、また会うこともあるだろうが、いつも顔を合わせている日々とは異なる。

「いなくなっちゃうの、寂しいですね」

沢井が言うと、平山と家上が頷《うなず》く。

「俺はいい後輩を持って嬉《うれ》しいぞ！」

「そう言ってもらえると、一年間一緒に過ごせてよかったって思うね。……ほら、朝倉も寂しがれよ」

「おう。平山さんや佐々木《ささき》さん、李《イ》先輩がいなくなるの寂しいわ」

「いや、俺もだから⁉」

家上が突っ込むと、朝倉は「どうせそのうち、どっかで会うだろ」と笑う。道内にいれば、プライベートで出かける機会はいずれあるだろう。

「だな。コロナが落ち着いたら、飯でも行こうぜ」

「おう」

転勤を経ても、学生時代の関係が続くことは多々ある。医学部は特に学内の結びつきが強いのだから。

「先輩方の進路って、結局どうなったんですか？」

沢井が尋ねると、平山が答える。

「俺が大学の整形外科で、家上が大学の産婦人科だな」

「それなら顔を合わせることもあるんですね」

「いや、大学が別だから、遠いな」

北海道内には医学部を有する大学が三つあるのだ。二つが札幌で、一つが旭川であるため、それらの都市間の移動には片道二時間くらいかかってしまう。

「佐々木はいきなり保健所らしいぜ」

「……え、あれって本気だったんですか？」

「だってよ。コロナで忙しいのに、よく行くよな」

保健所はワークライフバランスがいいと言われていたが、新型コロナウイルス感染症の影響でそれは崩れ去った。

その上で佐々木は、疾病予防や保健の施策に携わる公衆衛生医師の道を選んだのだ。

「自分は臨床に向いてないから、公衆衛生をやるってさ。あいつ優秀なんだけどな」

「なんでもそつなくこなすイメージがありましたけど、わからないものですね」

「向き不向きとか、やりたいこと苦手なこと、捉え方は本人と他人とじゃ違うからな」

朝倉が沢井のほうを一瞥《いちべつ》すると、彼女は考え込む仕草をしていた。

「李くんは東京に行くらしい。国際的な病院で活躍したいと」

「英語も上手ですもんね」

彼なら向いているかもしれないと朝倉は思う。

朝倉にとって国際的な病院で働くことは、特段のメリットがある話ではない。国内で働くつもりで、海外に行く予定もなかったから。

けれど、李にとっては意欲を刺激される経験なのだろう。

朝倉が悩んでいるように見えたためか、家上が彼を小突く。

「後輩が入ってきて、いじめられないように朝倉パイセンも頑張れよ」

「うっせ。そっちこそ、三年目だと科内で一番下《した》っ端《ぱ》になるだろ」

「そうなんだよなあ。俺さ、繊細だからうまくやっていけるか心配なんだ」

「どこがだよ」

今度は朝倉が小突くと、家上が肩をすくめた。


その日、手術室に清水涼子はいた。

彼女が見つめる先では、眼科医の山本《やまもと》が手術顕微鏡を覗《のぞ》いていた。目という非常に狭い範囲の手術を行うにあたって、微細に見るために顕微鏡を使うのが特徴だ。

山本は手際よく手術を進めていく。

清水にとっては見慣れない白内障《はくないしょう》の手術であるが、眼科医にとっては基礎的な手術だ。幾度となく繰り返してきたのだろう。

（手慣れてるなあ……）

清水はその様子を感心しながら眺める。術野《じゅつや》の外からでは、細かい作業はよく見えないが、手際のよさは誰が見ても明らかだ。

やがて山本はまぶたを開いておくための開瞼器《かいけんき》を外した。

「お疲れさまでした」

あっという間に手術は終わってしまった。

準備や片付けを入れても三十分とかかっていない。眼科では点眼による麻酔が行われるため、全身麻酔を導入するための時間がない分、非常に早い。

「見ててもあんまり面白くなかったでしょ？」

「いえ、そんなことは……」

「あまり見たことないんだっけ」

「はい」

「それならまだ、面白さもあるかもね。僕らは一日数件をこなすから、目新しさなんてなにもないよ」

山本は笑う。

今日も五件の白内障《はくないしょう》手術が入っていた。

「手を動かしていると、時間がたつ感覚もあまりないんだよね。僕なんかは細かい作業をするのも好きだから、この仕事もいいかなって思ってたんだけど……清水先生は細かい作業、苦手なんだっけ？」

（……私、院内でそのキャラで定着しちゃったの⁉）

眼科をローテートし始めたばかりで、山本にはまだそんな話はしていないというのに。

研修医も一年近くたつと、その人物像がまだ回っていない科にも知られるようになる。とりわけ、同期が先に回った場合は。

（犯人は沢井ちゃんかな？）

眼科を回ったのは、まだ沢井だけだ。

彼女は無口ではあるが、山本とは仲良くなれたのだろうか。

「手技は得意ではないです」

「聞いてはいたけど……沢井先生とは違うタイプなんだね。彼女は眼科も選択肢にあって、悩んでたみたいだけど」

「確かに沢井ちゃんと違って不器用ですけど……」

だから眼科には向いていないのだろうか。自分でも確かにそう思うし、手術でうっかりは許されないが……。

山本は思い出した、とばかりに声を上げた。

「あー、沢井先生は確かに無口だったけど、器用だったね。清水先生がアンプルを割った話とかも聞いたよ」

（さ、沢井ちゃん！　なに話してるの⁉）

それは入職したてのときの話だ。清水は恥ずかしくなる。

「い、今はもうやってないです！」

「おっと、それもそうだね。沢井先生も清水先生のそんな話ばっかりしてたわけじゃなくて、真面目で患者さん思いで、すぐ打ち解けられるって言ってたよ」

「そ、そっちを主に覚えていてほしかったです！」

「ごめんごめん。患者さんとの対話が好きになれるのも才能だから、すごいと思うよ」

山本は笑いながら謝罪するが、清水は本当にそうだろうか、と悩む。

そんな思いを見透かしてか、彼は話を続ける。

「我々眼科医は患者さんとじっくり話すより、検査や手術をしているほうが長いでしょ。手技なんてものは練習すれば誰でもできるようになるけど、二十数年も生きてきて、考え方や人との付き合い方をがらりと変えるのは難しいから、そっちのほうが大事かもしれないね」

向いているか、そうでないかで科を決めるわけではないが、自分の意欲や性格、得意なことを考慮に入れるのも間違ってはいないだろう。

山本が言うように、清水は患者とコミュニケーションを取るのは苦ではなかった。

「行きたい科は決まった？」

「はっきりとはしていませんが、患者さんとの距離は近いほうがいいかなと思っています」

「内科とか、向いてるかもね。もし先生が眼科医にならなかった場合に、役に立つ眼科の知識っていうと、なんだろうな。手術を学んでも、自分でやらないと意味ないし……失明する疾患の知識とかかな。たとえば、国試的にも緑内障《りょくないしょう》とかさ」

緑内障は視神経が障害され、徐々に視野障害が広がってくる病気である。急激に眼圧が高まる急性緑内障発作を起こすことがあり、その際は頭痛や嘔気《おうき》を起こしたり、急激に悪化して失明に至ったりする。

「眼圧を測定して高かったらコンサルトするのでいいでしょうか？」

「研修医がそこまでしてくれたら感無量だよ。とはいえ、救急外来だと眼圧を測定しようにも、眼科の機器ってなにもないことも多いでしょ。ゴリゴリの救急やってる病院ならともかく、眼科のない病院もたくさんあるし。そういうときはね――」

とっておきを教えるように、山本が囁《ささや》く。

「充血や散瞳《さんどう》を見たり、まぶたの上から眼を触って硬いかどうかを見たり、視診、触診である程度は診断できるよ。その場でできるし、あっという間でしょ？」

「確かに、数秒あればできますね」

「でしょ。今度試してみてよ」

そう言われて、清水は自分の目をまぶたの上から押してみる。

（意外と柔らかいかも）

これまで眼の硬さなんて確かめたことはなかった。自分の体といえども、意識しなければ知らないものなのだろう。

清水がむにむにと目を押していると、足音が近づいてくる。

目を開けてそちらを見れば、次の患者が入ってきた。そして一瞬、視線が交わった。

（み、見られてないよね……？）

慌てて居住まいを正す清水である。

「それではよろしくお願いしますね」

山本は患者を迎え入れ、手術に取りかかる。無駄な動作一つなく、流れるような手つきで。

（私も、患者さんが安心して治療を受けられるようになれたらいいな）

山本の手術はいつも何事もなく行われていく。これといったトラブルもなく、劇的な場面なんてありはしないが、それこそが習熟している証《あかし》だろう。

「それじゃ、布がかかりますよ」

「はい。お願いします」

患者に覆い布がかけられる。周囲は見えなくなるが、それでも不安そうな声は聞こえてこない。山本の声かけが適切で慣れているからだろう。

眼科の手術では全身麻酔にならないため、患者は覚醒した状態だ。だからこそ、息づかいや物音から手術の雰囲気は患者にも伝わるはず。

（山本先生はじっくり話すより、検査や手術の時間が長いと言っていたけれど）

言葉がなくとも、手術を通しての患者とのコミュニケーションもあるのだと清水には思われた。


朝倉は産婦人科外来で、産婦人科医四年目の馬場《ばば》とともにＭＲＩ画像を見ていた。

患者は三十代の女性、佐伯優香《さえきゆうか》である。性器からの出血が持続しており、体が重いとのことで外来を受診したのだ。

生理時以外に性器から出血する不正出血を主訴に受診する患者は多いが、このとき診察室には重い空気が流れていた。

馬場がマウスホイールをコロコロと動かす音がやけに大きく聞こえる。

骨盤の中には子宮《しきゅう》があるが、その形は不整で膨れ上がっている。

「原発は明らかだね」

「……そうですね」

ＭＲＩ画像の断面を切り替えていくと、脊椎《せきつい》が現れる。そこの濃淡はぐちゃぐちゃになっている。

（ひどいな）

朝倉は思わず眉根をひそめてしまった。

「……骨転移《メタ》もあるね」

それはがんも大きく進んでいるということだ。もはや手術で取り切れる範疇《はんちゅう》にはない。前の診察ですでにがんの可能性は伝えていたが、ここまで進行しているとは、想定していないだろう。

最悪の結果を、彼女は受け入れられるだろうか。いいや、できるはずがない。どれほど表面上、気丈に振る舞っていたとしても、心の内では認めたくない現実なのだから。

馬場は改めて佐伯の年齢に目を向ける。

「若いよね」

「そうですね」

重苦しい空気に、朝倉は一言返すのがやっとだった。

彼女には二人の子供もいる。

足音が近づいてくるので、朝倉はその空気から逃れるようにそちらを見る。緩和ケアチームの看護師、野宮《のみや》が入ってくるところだった。

「すみません、遅くなりました」

「いいえ、急にすみません」

空知総合病院では、がん患者に関して緩和ケアチームの介入を行っている。がんに対する患者の苦しみに対応するためだ。

とりわけ、今回のような若年患者であれば、そのストレスは計り知れない。

「それでは佐伯さんの案内をお願いします」

馬場は深呼吸をしてから、産婦人科の外来看護師に視線を向ける。

つらい話であったとしても、逃げるわけにはいかない。担当医であれば、向き合っていかなければならないのだ。

馬場はマイクに向かって、できるだけ穏やかな声音で告げる。

「佐伯さん、佐伯優香さん。三番診察室にお入りください」

ややあって、外来看護師が彼女を連れて入室してきた。

佐伯はすらりとした体型であるが、細身という以上にげっそりとしているように見える。顔は青白い。

(貧血のせいか)

血の気が引いているのがわかる。

「どうぞおかけください」

「よろしくお願いします」

佐伯は椅子に腰かけ、ゆっくりと頭を下げる。

彼女はパソコンのモニターに目を向ける。ＭＲＩ画像は、知識がなければ臓器などは読み取れないが、気になってしまうのだろう。

「結果はどうでしたか……？」

佐伯の声はわずかに震えている。

馬場は画面に目を向け、子宮《しきゅう》が映る断面を表示させる。

「ここに塊《かたまり》がありますね。子宮ですが、ここまで大きくなると……がんですね」

佐伯の表情は変わらなかった。

頭が、心が、考えるのを、受け入れるのを拒否しているのかもしれない。

ややあって、彼女が「そうですか。手術は……」と呟《つぶや》いてから、馬場は話を続けた。

「腫瘍《しゅよう》は子宮の外にも広がっています。これだと取りきることができないため、治療は手術ではなく化学療法になるでしょう」

馬場は順を追って話すよりも、治療に関して告げることを選んだ。

佐伯が治る希望がないかと求めたからだろう。なにもできないと、もう見込みがないと、絶望してしまう患者も少なくない。

「ステージって……どうなるんでしょうか」

これはきっと、医学的な答えを求めているわけではないだろう。ステージによって最適な治療が異なるとか、そういう解答がほしいわけではない。

自分がどれくらい進んだ位置にいるのか、その道しるべが欲しいのだ。

なにしろ、患者はそもそもステージを告げられたところで医学的な知識があるわけではなく、判断材料にはなり得ないのだから。

「ステージⅣB期、転移まで進んだ状態です」

「……そうですか」

佐伯は目を泳がせていた。

転移、という言葉はときに、患者にとって非常に重く受け止められる。そこまでいくと、末期がんというイメージで広く認識されているからだろう。

「治療したら、どれくらい、生きられるんですか」

佐伯はものわかりがいいほうではあるのだろう。突然の宣告に、現実感がないなりに、事実を知ろうとしている。

だから馬場も淡々と、相手が求める答えを返していく。

「五年生存率はおよそ三割です」

「三割……」

どれほど前向きに立ち向かおうとしていても、佐伯は現実の重みの前に言葉を失った。

馬場は間《ま》を取る。受け止めるまでの時間が必要だと感じたからか。

朝倉はその場でじっと成り行きを見守ることしかできやしなかった。

やがてゆっくりと佐伯が呟《つぶや》く。

「どうして、なんですかね」

それは、なぜこのような病気になったのかと答えを求めているわけではない。

どうして私なのかと、尋ねているのだ。

いかに医学的な知識があれど、それに対する答えは誰も持ち合わせていない。

(なにを言えばいいんだろうな)

朝倉もまた、かける言葉を持ち合わせてはいなかった。大学で勉強してきた知識は、ここではなんの役にも立たない。

馬場はゆっくりと声をかける。

「急なお話でさぞ受け入れがたいことでしょう」

すかさず野宮が佐伯の側《そば》で、言葉と態度でそっと寄り添う。

(……緩和ケアチームは慣れてるよな)

がんの患者といつも向き合っているからこそ、彼らの痛みや苦しみに寄り添うことができるのだろう。

佐伯は目に涙を浮かべ、嗚咽《おえつ》を漏らしながら、それでもしっかりとした声を作る。

「娘たちがいるんですよ。まだ小学校も卒業していません」

朝倉は息をのんだ。

もし、自分が同じ立場だったら……。ずっと弟たちの面倒を見てきた彼にとって、他人事《ひとごと》のようには思えなかった。

「二人が大人になるまで、生きていないと。私がいないとダメなんです」

(そう、だよな……)

きっと、娘たちも当たり前のように、ずっと一緒にいてくれるものだと思っているはず。それが病気によって引き裂かれようとしている。

(気丈な人なんじゃない。しっかりした人になろうとしていたんだ)

家族のために、そうであろうとしたのだ。母親として役割を果たそうとしていたから、現実を受け止めようと振る舞えていた。

馬場は穏やかな声音で彼女に告げる。

「そうですね。一緒に頑張っていきましょう。娘さんのためにも」

佐伯はその言葉に落涙する。

——娘のために。

佐伯は馬場の言葉を繰り返した。

「……つらいね」

佐伯が退室したあとの診察室で、馬場は朝倉に告げる。

「そうですね。本当に」

朝倉にできることはなかった。言葉をかけることすら、うまくできやしない。なにを言っても、響くようには思われなかったし、深い悲しみをどう癒やせばいいのか見当もつかなかった。

彼女には野宮がついていき、これからのことなどを伝えているだろう。先ほどは急な現状の変化に、落ち着いて話を聞いていられる状況ではなかったはずだから。

告知の際に患者の気が動転していたため覚えておらず、あとから聞いていなかった、と言われるケースも多々ある。

「命に重みをつけるわけじゃないけれど……若い人は残された時間が違う。残される人たちと過ごすはずだった時間――奪われた長さが違うんだ」

若くしてがんになると予想している人なんて、いるはずがない。

落差が大きければ大きいほど、絶望もまた深くなる。

「がん告知の病状説明《IC》はこれまでもしてきたけど、私もまだ四年目だからね。ここまで若いケースは初めてだよ」

「そうですよね……慣れてませんよね」

「……一生、慣れないと思うし、慣れたくもないことだよね」

それが馬場の正直な気持ちなのだろう。

朝倉はこうした状況にも、いずれは慣れていくのだろうとも思っていたため、考え違いをしていたのではないかと感じる。

「失礼しました」

「ううん。朝倉くんは一年目だから、たぶん、多くの出来事がいずれ慣れていく内容のように感じると思う。初めてのことばかりだから」

新しい知識と経験に出会い、そして身近なことに変わっていく。研修医が医師として成熟し、医学を当たり前のものとして吸収していく過程なのかもしれない。

とはいえ、相手が人である以上、慣れようもなく千差万別であることも存在している。

「私も進路が産婦人科に決まってから、もうすぐ二年が過ぎるけど……確かに代わり映えのない日常の業務がたくさんある。一方で、家庭は人それぞれ違っているんだよ。産婦人科は夫婦とお子さん、家族全体にも関わっていかないといけない」

朝倉は自分の家庭を思い出す。

物心がついたときには母子家庭であったため、実父の顔は覚えていないし、母の再婚相手である義父はろくな男ではなかった。母もまた、子供をそこまで愛しているようにも思えなかったが、ほかの家庭はそうではないだろうし、佐伯にとっては目に入れても痛くない可愛い娘たちに違いない。

「医学だけじゃないですよね。この仕事は」

「医者よりも看護師さんたちのほうが、そう思うかもしれないね。私たちは忙しくて時間がないから、看護師さんたちが診察の前に情報を聞いてきてくれることが多いでしょ」

「ええ。そういう面もあって、スタッフとの円満な関係は大事ですよね」

「なんか朝倉くんって達観してるなあ」

淡々としている、とは朝倉自身でも感じている。よく言えば適切な距離感を保っていられる、悪く言えば情熱がない。

誰とでもそつなく付き合える一方で、他人と深い関係になるのが苦手なのは、育った環境のせいだろうか。

「人付き合いが得意ではないんですよ」

「朝倉くんは八方美人だって噂《うわさ》だけど」

「仕事の関係では八方美人でいいじゃないですか」

「そのとおり。プライベートじゃないならね」

馬場は口角を緩めた。重い話はここまで、との合図のように。

いつまでも佐伯のことを引きずり続けていては、次の業務にも支障を来《きた》してしまう。リラックスするのも大切だと朝倉も認識していたので、おどけたように肩をすくめる。

「プライベートな面は人一倍真面目ですよ」

彼の反応に、馬場は悪戯《いたずら》っぽい笑みを浮かべていた。

それから彼女は机の引き出しを開ける。外来の合間に食べるように持ってきていた飴《あめ》が入っていた。

「疲れちゃったね。飴ちゃんあげるよ」

「ありがとうございます。いただきます」

朝倉は飴を受け取って口の中に放り込む。忙しい外来では、昼食が取れない場合もあるので、エネルギー補給にお菓子などを持ってくる医師も少なくないのだ。

少し緊張が和らいだところで、外来看護師が入ってきた。

「先生、次の患者さん、よろしいですか？」

「はい、どうぞ」

「子宮頸《HPV》がんワクチン接種の方です」

馬場は受け渡された問診票に書かれた項目を確認する。本日の体調や病気にかかったかどうか、予防接種で具合が悪くなった経験がないかといった確認のほか、ワクチンの接種回数が記載されている。

そこに書かれている数字はゼロだ。今回、初めての接種のようだ。

「朝倉くん、問診やってみる？」

「いいんですか？」

「うん。まあ、コロナワクチン接種の問診もやってるし、内容が大きく変わるわけじゃないんだけどね」

朝倉はまじまじと問診票を眺める。

「難しいことはないでしょ？」

「ええ。ですが……不幸な人たちを作らないための、大事な仕事だと思います」

朝倉は先ほどの佐伯の様子を思い出し、目を細める。

一人でも多く、予防できる人が増えるのなら、大きな意味があるはずだ。

「そうだね。コロナワクチンも大事だけど、がんとか、ほかの病気が消えるわけじゃないからね」

「はい」

「未然に防ぐためにも、頑張って仕事しないとね」

朝倉は頷《うなず》き、気持ちを切り替える。

病院という場所柄、疾患を抱えた人が多く来る。けれど健康な人に対して、将来つらい思いをさせないようにする仕事もあるのだ。

地味で、成果が見えにくい仕事ではあるけれども。

朝倉は予防医学の意味を噛《か》みしめながら、患者を呼び入れた。

3　沢井と花咲くところ（1）

沢井詩織が医局の研修医ブースで外来に行く準備をしていると、二年目研修医の佐々木が顔を覗《のぞ》かせた。

「沢井さん、今日から皮膚科を回るんだっけ？」

「はい。一年目最後のローテートです」

「そっか。次の期間は……僕にとっては、この病院での最後のローテートか」

佐々木は少し寂しげな顔をする。

けれど、それも一瞬のこと。すぐに普段の優しげな表情に戻った。

「使わなくなった医学書があるから、いるかなって思って」

「いいんですか？」

「うん。僕は臨床を離れるから、必要なものだけ持っていこうと思ってね。あとから必要になったら、新版を買い直すだろうし」

「保健所に行くんですよね。……臨床とは仕事内容も違いますよね」

「そうそう。食品衛生やワクチン、健康診断などの予防医学だね。今はコロナ禍だから、もっぱら感染症が中心かな」

佐々木は朗らかに告げる。

新しい仕事に踏み出すというのに、不安を感じているようには見えなかった。なぜ、そのようにいられるのかと、沢井は彼に聞いてみたい気持ちになった。

「……どうして保健所にしたんですか？」

不安はなかったのだろうか。一般的な医師のキャリアとは異なる道を選ぶため、前例は決して多くはない。

佐々木は苦笑いする。

「たいそうな理由じゃないんだよ。患者さんとの付き合い方が、僕には見えてこなかったというのが一番かな」

沢井は彼の言いたいことがうまく理解できなかった。

人付き合いが苦手な医師はいるし、それが理由で人と関わらない科を選択する者もいる。けれど、佐々木はそつなく仕事をこなしていたように思える。

「この仕事には患者さんがいて人間関係が存在するでしょ。看護師さんたちは患者さんの気持ちに共感し、傾聴するように教えられる。一方で僕らは医学的に、科学的に、合理的に正しい選択を下すように教えられる。とはいえ、現場はそれだけじゃ回らないし、最善の治療が行われるケースなんて、わずかだと思う」

患者が自分の考えを大事にしたがったり、治療が生活に合わなかったり、医学よりも優先されるものがある。

「臨床医はそれに理解を示して、患者さんにとってベストの治療を提供する仕事だ。最近よく言われる患者中心の医療だね」

医師が考えを押しつけるのではなく、提案された治療方針を、患者が理解して自ら選ぶべきという考え方である。

高齢患者では「先生にお任せします」という人もいるが、そういう人にも十分に理解した上で、納得して治療を受けてもらう必要がある。

「僕はね、距離感がうまく掴《つか》めなかったんだ。どこまで共感すればいいのかもね」

「患者さんに興味がなさそうな先生もいますけれど……」

「はは、そうだね。でも、僕はそこまで割り切れなかったよ」

医師によっては、患者の感情に寄り添った合理的でない選択よりも、医学的に正しい選択を提示することを優先する者もいる。

でも、そういう者たちは医師から見れば医学的に研鑽《けんさん》を積み、頼りになる同僚であっても、患者受けがよくない場合も少なくない。

とはいえ、佐々木はそこまできっぱりと、自分の方針をどうするか決められなかった。繊細であったのだろう。

「研修医だと受け持ち患者は少ないけど……三年目になったら、外来で何十人も診《み》るし、数分おきに人間関係が切り替わる。ドライな医学的判断と、患者の生活や気持ちへの共感を両立させないといけない。入院患者だって、何人も違う治療を並行する」

一人の患者にかかりきりになっているわけにはいかないのだ。

（佐々木さんは……そこまで考えてたんだ）

沢井には、彼が理想主義者のようにも思われた。

現実的には、ある程度、割り切ってしまうしかないと実感するし、多くの医師がそうしているのではないか。

医師という仕事は、責任だけでなく空気が重い場面も多く、一つ一つを深く深く感じていたら、自分自身が潰れてしまう。

「まあ、僕にとってはストレスが大きかったってこと。プライベートと仕事は切り分けられるほうなんだけど、日常的に病院のことばかり気にするようになっちゃってさ。だから、僕は僕に向いていて、パフォーマンスを出せる場所を選んだわけ。一人一人の人間というミクロな視点での悩みは、社会全体というマクロな視点からしたら些細《ささい》なことだろうし、行政面には興味もあったからね」

（プライベートと仕事……）

そのどちらもうまくこなせるように、佐々木はその決断を下したのだろう。

沢井もまた、器用に立ち回れるほうではない。

「私も……家に帰っても、いろいろ考えちゃいます」

「そうだね、沢井さんも繊細なほうだから……。息苦しくない働き方を考えるのも悪くないんじゃないかな。ストレスがあったら少なからずパフォーマンスは落ちるし、快適でいられることは、回り回って患者さんのためにもなるだろうし。……『やりたい！』って強く思う仕事があるなら、そこを目指すのが一番かもしれないけれどね」

研修医という蕾《つぼみ》が花咲く場所が、きっとどこかにある。

沢井は、自分にはなにが向いているのだろう、どんな仕事が好きなのだろうと改めて考える。

自分のことなのに、自信を持って答えられなかった。

悩む彼女に、佐々木は柔らかい笑みを向ける。

「邪魔しちゃったね。外来、頑張ってね」

「い、いえ！　ありがとうございました！」

沢井は佐々木から皮膚科の本を手渡されると、それを持って外来に向かうのだった。


皮膚科外来は本日も混んでいる。

一人医長である土屋はテキパキと患者を捌《さば》いているのだが、それでも患者の数が多く、時間どおりにはいかない。

「先生、かゆくてかゆくて、もう寝てられないんですよ」

そう訴える五十代女性の首回りは赤みがかり、腫れぼったくなっている。土屋はそれを診《み》ながら頷《うなず》く。

「そうでしょうね。つらいですよね」

「ええ、本当に」

土屋が感情を込めて共感を示すと、彼女は切に訴える。

「なんとかならないんですか？」

「かゆみ止めのお薬を出しますね。飲んでいたら自然に落ち着いてくると思いますが、それでもおつらいようでしたら、またいらしてください。お薬を調整しますね」

「ありがとうございます」

女性が退室していくと、土屋はカルテを簡単に記載しながら、オーダーを出す。

そして手を止めずに、同席している沢井に声をかける。

「あれは蕁麻疹《じんましん》だね。先生は診たことがある？」

「はい。入院患者さんで、一人だけですけれど」

「皮膚科じゃなくても、入院患者さんに皮疹ができるのは珍しくないからね。蕁麻疹はよくある疾患だし、診られるといいよ。境界明瞭な円形、地図状の膨疹《ぼうしん》、発赤《ほっせき》があり、掻痒感《そうようかん》を伴う。他科の先生でも、皮疹の中では見た目でわかりやすいと思う」

沢井は佐々木からもらった皮膚科の本で、写真と先ほどの患者の皮疹を見比べてみる。

（……これなら、私でも診断できそう）

皮膚疾患は非常に難しいものもあれば、日常的に出くわす疾患《コモンディジーズ》もある。

研修医としては後者の知識を身につけるのが肝要だ。

土屋は説明を続ける。

「一般に食べ物や薬に対するアレルギー反応のほか、感染や運動、暑さ、寒さ、圧迫、日光といった刺激でも起きる。まあ、原因ははっきりしないよね。治療は原因の除去が第一だけど、原因不明のことのほうが多いから、対症療法的に抗ヒスタミン薬の内服を行う。それでよくなることが圧倒的に多いけど、たまによくならない人もいるんだよね」

「……どうするんですか？」

「二剤目を追加するとか、用量を通常量以上に増やすとか。この辺りは皮膚科医くらいしかやらないだろうから、素直にコンサルトしてくれていいんじゃないかな」

沢井は土屋の説明をメモする。

「先生はすごく皮膚科のこと詳しいですよね。……患者さんにも優しいですし」

土屋は言われて、沢井のほうに視線を向ける。

彼は苦笑いしていた。

「あー……演技派だって思った？」

「い、いえ！　そういうわけでは……」

恐縮する沢井に、土屋は肩をすくめる。

「俺さ、当直なんかやりたくないとかよく言ってるから、やる気がない医者みたいに思われてるだろうし、それは事実なんだけど……」

研修医たちが一緒に当直に入ったとき、土屋は愚痴を言っていることが多かった。誰かがやらなければならない仕事ではあるとはいえ、待遇が悪すぎるし、現場に責任や負担が押しつけられていると。

けれど、こうして皮膚科外来にいると、彼の様子はまるで違って見える。

「皮膚科の仕事は好きなんだよね。皮疹《ひしん》を診《み》るのも、処置をするのも面白いと思ってる。……人によっては命を救うとか、重症の患者さんを助けるのが偉いと思ってる医者もいるし、実際に忙しくて大変な労働だから俺もそこは尊重しているよ。皮膚科医が、患者の命を救うのが自分の使命だって言っても、なに言ってるんだって感じでしょ」

笑う土屋に、沢井は苦笑いを浮かべる。

「でもさ、だからといって皮膚科の仕事がいらないわけじゃないし、患者さんにとっては小さな問題でも解決したら助かるし、大きな悩みを抱えている人もいる。たかが皮膚、されど皮膚。命に関わらなくても大事なことはあると思って、毎日仕事をしているよ」

かゆくてつらい人を助けるのも、患者にとっては意味があるのだと彼は説く。

「確かに……健康な人だと、内科よりお世話になるかもしれません」

「皮膚のトラブルはよくあるからね」

沢井も思春期の頃にはよく世話になっていた。特別、珍しい経験ではないだろう。

外来看護師が次の患者の問診票を手渡すので、土屋はざっと眺める。

「若い子だね。どうぞ」

看護師が患者を呼び入れると、母親に連れられた十代の女性がうつむきがちに入ってくる。

「失礼します」

「皮膚科の土屋です。よろしくお願いします」

「よろしくお願いします」

患者は緊張しているのか、視線を合わせないまま呟《つぶや》いた。前髪が長く、伏し目がちであるため、表情はあまり見えない。

「今日いらしたのは、お顔のできものですかね」

「そうです。……最近、ひどくなっちゃって」

「少し見せてくださいね」

土屋は女性の顔を診察する。

頬に白いぶつぶつがたくさんできている。

「ニキビですね。医学用語だと尋常性《じんじょうせい》ざ瘡《そう》っていうんですけれど、毛穴の中にある脂腺《しせん》というところから出た脂で、毛穴が詰まっちゃうんですよ。これが面皰《コメド》――いわゆる白ニキビって言われるものです。そうするとアクネ菌ってばい菌が繁殖して、炎症を起こして赤くなって、赤ニキビって言われるものになります。最近、ひどくなっちゃったんですか？」

土屋は患者のおでこを見ながら尋ねる。

髪の隙間から見えるニキビは多くが赤くなっていた。これを他人に見られたくなくて、髪で隠していたのかもしれない。

「そうです。……なんとか、ならないかと思って」

若い子にとって、容姿はからかいやいじめにも繋《つな》がることもあり、かなり深刻な悩みになる場合もある。

その不安を取り除くように、土屋は笑いかける。

「規則正しい生活や食事、ストレスを溜《た》めないことが大事ですけれど……言うのは簡単、実行するのは難しいですよね」

「そうですね」

　患者も困ったように笑う。

「お薬を使って治療していきましょう。白ニキビには毛穴のつまりを取るお薬、赤ニキビにはアクネ菌を倒すお薬が効きますから、今回は両方配合されたお薬を出しますね」

「ありがとうございます」

「使い始めの頃は刺激感がありますが、保湿をして乗り切りましょう。症状が強くなるようでしたら、またご相談ください。長く続けるのが大事なので、お困りごとがあれば一緒に解決していきましょう」

　薬の使い方などは、後ほどスタッフからパンフレットを渡すと告げると、患者は退室していく。帰り際、彼女の表情は少しだけ明るくなったように、沢井には思われた。

　土屋はカルテを書きながら、沢井に説明する。

「ただのニキビでも……毛孔一致性《もうこういっちせい》の炎症性丘疹《えんしょうせいきゅうしん》って言い換えたら、なんだか皮膚疾患っぽく聞こえない？」

「確かにそうですね」

　同じものを指していても、言い回しが違うと印象も異なる。

　皮膚科は医学の中でもとりわけ医学用語の漢字が難しく、堅い印象を受ける。

「……さっきも言ったけれど、僕は皮膚科のこういう仕事も大事にしてる。大人からするとどうでもよくても、若い子にとってはすごく気になる場合もある。ニキビだって深く思い悩んでいるかもしれないし、それがよくなったら、明るく前向きになって人生が変わる人もいるんじゃないかって僕は思うよ」

「私も……昔はひどかったので、その気持ちはわかります」

「最近の若い先生には、共感してもらえるよね。皮膚科だと、開業したときに自由診療で美容皮膚科もやる先生も多いけれど、若い人はシミや黒子《ほくろ》とか、肌の悩みやコンプレックスを抱えていることもあるし、保険診療でやる内容じゃないというだけで、それも大事な仕事だと思うなあ」

最近の若手医師は、超高齢化する医療現場において、若者の悩みと向き合いたいと自費診療や美容形成外科、美容皮膚科に流れる者も少なくない。

急性期病院では呼び出しや残業が多く給与も少ないというネガティブな側面も理由の一つではあるが、医療がサービス業という考えに傾いてきているのが一因なのは間違いないだろう。

「全員が自由診療に流れたら急性期医療は成り立たないけどね。……まあ、俺のように、自分の科の医学が好きで、もっと学びたいと思う向上心あふれる医師に現代医学は支えられていると言っても過言じゃないね」

おどける土屋に、沢井は同意する。

「急性期の魅力ですね」

「それしか魅力がないとも言い換えられるけどね。待遇は悪いし」

そんな冗談を言って土屋は笑う。

しかし、多くの医師はそこにやりがいを見いだし、仕事を続けている。

「きれい事じゃなくて、患者さんがよくなったら嬉《うれ》しいと感じるし、自分の知識や経験が診療に結びついたらよっしゃって思うし、そういう小さい積み重ねだと思うよ。立派な医者になっていく過程って。……別に立派な医者じゃなくてもいいと思うけどね」

（……それでいいの？）

半人前の自分からしたら、医師として成長しなければならないというプレッシャーが常にあるのだが……。

沢井の気持ちを汲《く》んでか、土屋は続ける。

「俺が研修医のときの上司が言ってたんだけど……『やる気がない医者がいてもいいけど、やる気がないなら勉強しなくても済む場所にいるべきで、いないよりは役に立てる仕事はあるから、それを探せ。能力もやる気もないのに、自分はできるって勘違いしているのが最悪で、命に関わる仕事をすると患者を殺すからやめろ』ってさ」

「落ち着いた慢性期の病院とかもありますもんね」

重症患者を診《み》るばかりが大事ではないし、軽症患者や健診などの対応も必要な仕事だ。そうした業務をこなす人がいなければ、すべてが一部の病院に集中してしまう。

「当時はなんてこと言うんだコイツって思ったけど、今ではきれい事を抜きにした真理だとも感じるね。……誰もが死ぬまで医師を続けられるわけじゃないし、過酷な現場で戦い続けられる気

力に満ちてる人ばかりじゃない。自分の体力や意欲、人生設計に相応《ふさわ》しい場所を探しなさいって
のは間違っていない。言い方ってものがあるけどさ」

（自分に相応しい場所……）

沢井が考えているうちに、土屋は次の患者を招き入れる。

皮疹《ひしん》が出たという六十代女性である。

「南《みなみ》さん、南洋子《ようこ》さん。診察室にお入りください」

南はそわそわした様子で中に入ってくる。彼女が荷物を置き、椅子に腰かけると、土屋は早速診察を始める。

「それではぶつぶつが出たところを見せてくださいね」

土屋は問診票に書かれた部位と照らし合わせて皮膚を眺めるが、小さなぽつぽつが少しある程度であった。

「湿疹《しっしん》ですね。かゆみはいかがですか？」

「少しですね」

「塗り薬を出しておきますね。それで落ち着くと思いますが、よくならなければまたご相談ください。ほかに気になるところはありますか？」

「ええと……いいえ」

患者がちらりと沢井を見る。

沢井は先ほどの土屋の言葉が頭に残っていて、診察に集中できていなかったと居住まいを正し

た。

やがて患者が退室していくと、沢井は自分の将来について改めて考える。

父は、娘が内科医院を継ぐことを期待しているだろう。

けれど、果たして自分に務まるのだろうか。

内科は緊急性の高い疾患も多々あるし、自分は患者とコミュニケーションを取っていくのも上手ではない。

皮膚科は回り始めたばかりではあるが、土屋が言う皮膚科の面白さは感じられたし、これなら楽しく仕事を続けられるんじゃないかという気持ちもある。

そうして悩んでいると、外来看護師が沢井に声をかける。

「先ほどの患者さん——南さんですが、一度、沢井先生に診《み》てもらえないかって」

「私にですか……？」

これはどういうことだろう。

不思議に思う沢井であるが、土屋は納得した様子である。

「男性医師には言いづらいことがあるんじゃない？　たまに女性医師を狙ってセクハラするおっさんもいるけど、そういうのじゃないだろうし。話を聞いてあげるのも診察、治療の一環だから、まずは行ってみたら？」

「……はい。頑張ります」

皮膚科に来て初日なのに、大丈夫なんだろうか。

不安になる沢井の心情を察して、土屋は続ける。

「困ったことがあったらなんでも相談してね。判断に迷ったときは『観察用の器具を持ってきますね』って言って、戻ってくればいいから」

土屋は、虫眼鏡のように皮膚を拡大して見るためのダーモスコピーを掲げる。

なにかあったときの逃げ道が与えられたようで、ほっとする沢井である。

（……ダメ。そうじゃなくて。頑張らなくちゃ）

自分がなんとかするという気概で臨まなければ。

気合いを入れて沢井は、南がいる別の診察室に入る。

そこで待っていた南は「ごめんなさいね。あの先生には言い出しづらくて」と切り出した。

「いいえ、どのようなことでお困りでしょうか？」

女性特有の問題だろうか。なんの疾患だろう。

そんなことを考えている沢井に南は続ける。

「それがですね、ずっと前からなんですけど、できものがだんだんと大きくなっているんです」

――だんだんと大きくなってきている。

その言葉に沢井は嫌な予感がする。

外来看護師が「それでは見せてくださいね」と南に話しかけ、ゆっくりと上着を脱がせる。

異臭が漂ってきた。

沢井は息をのみ、その正体が現れるのを待つ。

やがて南の上半身が露《あら》わになった。

（……花が咲いてる）

乳房の一部が盛り上がり、赤くただれていた。

沢井はしばし言葉を失い、その有様を眺めることしかできなかった。

4 沢井と花咲くところ（2）

空知《そらち》地方に沢井《さわい》医院はある。

人口減少が進むこの地方にあってなお外来患者数は多く、一家揃《そろ》って通院している患者も珍しくない。

丁寧な診察と親身になって相談に乗ってくれることによる評判のよさは、院長である沢井の父が長年かけて築き上げてきたものだ。

そんな医院も夜間は患者が訪れず、すっかり静かになる。

自宅部分である二階の一室で、沢井は父の書斎から借りてきた医学書を読んでいた。

――『乳《にゅう》がん』。

その単語を目にしてから、説明を読み続ける。

――皮膚や筋肉に広く浸潤している、あるいはリンパ節に多数の転移を確認するような乳がんを局所進行乳がんという。

記憶の中にある南の乳房と書籍にある写真を見比べると、医師として未熟ながらもはっきりと同一のものと診断できる。そこまで進んできた証拠でもある。

本来皮膚の下にあるがんが、食い破って体表に出てきたものを医療従事者は俗に「花が咲く」と表現する。

その名前とは裏腹に、がんによる悪臭が漂っていたり、見た目にもぐちゃぐちゃになっていたり、花びらのように美しいとは言いがたい。

（まずは薬物療法から）

手術で病巣を取り除くのが困難であり、再発や転移を起こす可能性も高いため、適切な化学療法が標準的とされている。

その後、可能であれば手術の流れとなる。

（……厳しい、よね）

南の病状はかなり進んでいた。ややもすると、さらに状態が悪く、遠隔転移を来《きた》しているかもしれない。

いずれにしても皮膚科の範疇《はんちゅう》ではないため、乳腺外科《にゅうせんげか》を受診するように予約を取ったが、手術できるかどうかはそれ以降の検査次第だ。果たしてどうなるか。

「はあ……」

沢井はため息をつく。

（もっと早く、来ていたら……）

沢井は診察のときの彼女を思い出す。

南は申し訳なさそうにしていた。病院に来ることにも抵抗があったのだろう。きっと医療従事者が思う以上に、一般の人にとって病院は身近ではない。

長年の間、がんは育ち続け、ようやく受診したところでなんとか診断はつけることができたが、すでに大きくなってしまっていた。

彼女に「すぐよくなりますよ」とか、「大丈夫です」とか、そういった安易な声がけはできなかった。誠実に向き合おうと心がければ心がけるほどに、患者の望む言葉とは違う台詞《せりふ》が口から出てくる。

「詳しい検査をするために、乳腺外科《にゅうせんげか》を紹介しますね」

その対応はきっと、医師として間違ってはいないし、専門外のことに余計な口を挟んで判断を誤るよりも相応《ふさわ》しい。

自分がいたから彼女の受診に繋《つな》げられたし、乳腺外科への紹介もできた。やれることはやりきったと言っても過言ではない。

研修医にしたら十分な仕事を果たしたと言える――。

そんな理屈はわかっていても、やりきれない思いがずっと心の奥底にある。

（私にできること、なにがあったのかな）

沢井は思い返すが、専門的な検査や治療は、やはり専門医に委《ゆだ》ねるべきだし、適切な科に振り分け、患者が適切な治療を受けられるようにするのも大事な仕事である。

土屋はそれに関して、

「他科の判断になる領分に、勝手に口を出さないのも大事だよ。手術できない患者さんに、手術しましょうって言って紹介するのは罪だから。余計な期待をさせてしまって、紹介先の医師と患者の信頼関係が成り立たなくなる恐れもある。餅は餅屋ってね」

と、淡々と告げていた。

きっと、彼は皮膚科のことは専門であるが、それ以外は他科への敬意を持ち、対応することに決めているからだろう。

わかってはいる。そうすべきであるとは。

それでも、できることはなかったのだろうか。南が求めていたものは、なんだったのだろうかと考えてしまう。

（南さんは――）

同じ場所をぐるぐると回り続ける考えは、ノックの音に中断された。

「詩織ちゃん、お父さんだけど……」

「ちょっと待って」

沢井は鏡の前に立ち、自分の顔を見る。ちゃんと普段通りの表情に戻っていた。

部屋の扉を開けると父が立っている。小さいときにはよくあったが、今はそれも久しぶりに感じた。

「勉強してたのかい？」

「ん、ちょっと調べ物」

「りんごのお菓子をもらったんだけど、詩織ちゃんも下で食べない？」

「うん、食べるよ」

沢井は父とともに居間に向かう。

階段を降りていく父の背中は、昔と比べて随分小さくなった。そのはずなのに、やけに頼もしく見える。

居間のテーブルには、りんごのパッケージのギフトセットが置かれている。

「あ、『ほんだ』のお菓子だ」

「これがうまいんだよなあ」

「うん」

りんごを使ったお菓子で有名な「ほんだ」は、空知地方の各地に店舗を持ち、地元の人々に愛される店である。

「詩織ちゃんは紅茶でいいかい？」

「うん、ありがと」

沢井が包装を開けると、白い背景に大きなりんごが描かれた個包装が出てきた。『林檎《りんご》ロマン』という人気商品で、りんご入りのホワイトチョコクリームをサブレで挟んだ、シンプルなお菓子である。

お菓子を眺めていると、心地よい香りが漂ってくる。父が紅茶を入れたティーカップを持ってきていた。

「どうぞ」

「ありがと」

沢井は香りを堪能してから一口すする。

温かくて、ほっとする。不安定だった気持ちが安らぐ。

「こうして二人で話をするのも久しぶりだな」

「うん」

たまに実家に帰ってきているとはいえ、両親と一緒の夕食はあっても、ゆっくりした時間はあまり取っていなかった。

独り立ちしようと頑張ったせいで、無意識のうちによそよそしくなってしまったのも理由かもしれない。

父は「林檎ロマン」の個包装を開けて菓子を口にする。

「ああ、うまいなあ」

父は幸せそうな顔をしていた。

はて、父は甘いものが好きだったろうか？　あまり覚えがない。

「そんなに好きだったの？」

「詩織ちゃんが一緒だから、なによりうまいんだ」

そう言われて、気恥ずかしくて目を逸《そ》らす沢井である。

だからつい、話題も逸らしてしまう。

「仕事、忙しいの？」

「忙しいけど、相変わらずだな。常連さんが多いから」

「そうなんだ」

「暇すぎて医院が潰れるよりは、忙しくて僕が潰れるほうがマシだな」

父はそんな冗談を言って笑う。

彼が仕事熱心なことは沢井もよく知っているから、思わず注意が口を突いて出る。

「体、大事にしてよ」

「おっと、お医者さんの前だった。気をつけるか」

「また、子供扱いして」

おどける父に、沢井は口をとがらせる。

父は柔らかな笑みを浮かべつつ首を横に振った。

「そんなことはない。立派になったって思ってる」

「ほんと？」

「もちろん。……だけどお父さんにとって、詩織ちゃんはいつまでたっても、可愛い詩織ちゃんなんだ」

父は昔からずっと変わらない。頼もしい医者であり、家族を愛する父であり続けてきた。

一緒にいて弱音を吐いている姿なんて、一度も見たことがない。穏やかで患者には好かれ、家庭では少しおっちょこちょいで、とても優しい父だった。

「お父さんは……仕事がつらいって、思うことはないの？」

「たくさんあるなあ」

あっさりと返ってきた答えに、沢井は面食らった。自分の知らないところで苦労をしていたのだろうか。

医師という仕事をしている以上、それは当たり前かもしれない。であれば、長らく仕事をしているうちにどっしりと構えられるようになったのか。

沢井が考え込んでいると、父は優しく話を続ける。

「どうしても患者さんの病気がよくならないと、つらい仕事だと思う。夜中に何回も起こされたときは、勘弁してくれって何度も嘆いた」

笑って言う父の悩みは、沢井と大きく変わらない。

「それでも」と彼は続ける。

「患者さんがよくなったら嬉《うれ》しいし、やりがいもある。……だけど一番の理由は、お母さんと詩織ちゃんがいてくれたこと。幸せな場所があるから仕事も頑張れたんだ。そうじゃなかったら、こんなに働けなかっただろうな」

父が働く理由を聞いたのは、これが初めてだった。

家庭を持つ父として月並みな言葉ではある。しかし、これまで文句一つ言わずに沢井を育ててきた父だからこそ、言葉に実感が伴っていた。

「そうなんだ」

嬉しさと同時に気恥ずかしさがあり、自分が同じように強くなれるとも思えないことからも、その一言しか返せなかった。

「詩織ちゃんは、今はいろいろと思い悩む時期だろう」

「……うん」

父はきっと沢井の悩みを察して、こうして誘ってくれたのだろう。

沢井は患者の南洋子のことを思い出して、どう話したものかと考える。

医師は守秘義務がある。家族でも職場と無関係であれば話すべきではないし、今回は医学的な相談でもない。

「……私にできること、なにがあるのかなって。ずっと考えてた」

南に関する沢井の悩みも、突き詰めれば自分に起因する。

自信のなさから、患者のつらさに寄り添えていないと言えよう。その一方で、知識を身につけたからといって、変われるとも思えなかった。性格とか生来の向き不向きや、気持ちの持ちようや仕事に対する姿勢が原因のようにも感じられてしまって。

皮膚科なら自分に向いているかな、なんて甘い考えだった。今回の件は皮膚科に特有のものではないが、医師という仕事をしていれば少なからず、不幸な人たちに出くわす。

（佐々木さんは患者との距離感が掴《つか》めないと言っていたけれど）

彼がうまく患者の気持ちに近づけなかったのとは反対に、自分は近すぎて遠ざかることがうまくできなかったのかもしれない。

「もうすぐ一年が過ぎるけど……全然、医者らしくなれてない」

清水ちゃんも、風見も……雄介も、皆が前に進んでいる。

自分はやりたいことも見つからないし、医師としての資質も、患者との向き合い方も、遅れているように感じられた。

父は沢井をしっかりと見てから、

「今の子はそう思うのかもしれないなあ」

自分と比較しつつ、柔らかな声音で話しかける。

「お父さんの時代は研修医制度なんてなかったから、右も左もわからないまま現場に放り出されて、やったこともない治療をやらされて、医療事故も起こしかねない状況だった。医師らしくなろうなんて考えもしなかったし、当直のときなんて、どうか患者さんが来ませんようにと祈ってばかり。それでも来ちゃったら逃げられないから、腹をくくって震えながらぶつかっていくことしかできなかったなあ」

そんな時代だったから仕方なかったとはいえ、患者さんには悪いことをしたなあと呟《つぶや》く。

「……そんなときがあったんだ」

物心がついたときには、いつも手慣れた様子で患者に対応する父の姿しか見ていなかったから、あまり想像はできなかった。

驚く沢井の様子を見て父は笑う。

「誰だって最初はそうだ。お父さんも大胆な性格じゃないから、そこは詩織ちゃんも似たのかもしれない」

沢井自身そう思いつつも素直に頷《うなず》く気持ちにもなれなかったので、とりあえず「林檎《りんご》ロマン」をかじる。サクサクとした食感の後に、上品な甘みとりんごの甘酸っぱい香りが口の中に広がる。

「おいしい」

父は沢井を見て目を細めていたが、やがて話を戻す。

「今は患者さんにとって、いい時代になった。研修医にとっても、訴訟を起こされる危険が低く、守られた環境になったのは喜ばしいことだろう。……だけど、その環境も当事者には悩ましいのかもしれない」

指導医の支援をありがたく思う反面、早く独り立ちをしたいと願うことになる。

成長には自分一人での診療も欠かせないが、安全とのバランスを取る必要がある。医療の性質上、少なからず治療には人という相手がいるのだから。

「頼ったっていいんだ。お父さんは困ったことがあったら、先輩や他科の友人によく相談してる。一人で抱え込む必要はないからな。お父さんにできることは少ないかもしれないけど……詩織ちゃんの話はなんでも聞こう」

「……ありがと。ちょっとだけ、前向きになれそう」

たいした話をしたわけではない。

けれど、言葉を交わすと変わる意識もある。自分の中だけで抱え込むよりも、負担はずっと軽くなる。

自分の将来像はまだ見えないけれど、どんな医師になりたいのかは、おぼろげながら形作られていく気がした。

「ちゃんとした医者になれるように頑張るね」

「詩織ちゃんがつらくてもう無理になったときは、逃げ出してもいい。詩織ちゃんの健康が一番だから、ずっとうちにいてもいいんだぞ」

「もう。それはダメだよ、お父さん。甘やかさないでよ」

この家は居心地がよくて、つらいときに甘えてしまいそうだから。

それは最後の手段であり、今は、本当に潰れそうなときに逃げ場があるという気持ちの余裕さえ持てればいい。

あと一年の間に研修をやりきって、なりたい医師への道を見つけたいと、沢井も思っているのだから。

「お父さんは覚悟なんてなかったけれど、幸せな居場所があるからやってこられたんだ。詩織ちゃんも自分の幸せを探しなさい。自分が幸せになることが、人を幸せにする一歩だから」

「……うん」

自分の幸せ、と考えたとき、沢井はすぐに思い浮かんだ。そして同時に、父の期待を裏切るかもしれないとも感じた。

「お父さんは……私にどうしてほしいの？」

幼い頃から、直接言われこそしなかったものの、医師になってほしいという期待は感じていた。医院を経営していれば、自ずとそういう考えにもなろう。

父は紅茶を一口、飲んでから話をする。

「医院を継いでほしい気持ちがないと言ったら嘘《うそ》になる。ここは大切な患者さんたちが安心して通える場所だし、誇りでもある。いわばお父さんの城だから」

（やっぱり、そうしたほうがいいのかな）

自分のわがままで東京にも行かせてもらったし、高額な私立の医学部の学費も出してもらった。恩返しをしたい気持ちはある。

「だけど」と父は続ける。

「それは医師としての話。お父さんとしては、詩織ちゃんが幸せなら、どんな生き方でもいいんだ。立派な医師じゃなくてもいい。医師が嫌になったなら、やめたっていい。お父さんの一番の幸せは、詩織ちゃんが幸せに笑って過ごせることなんだ。だから、どんな決断であっても、詩織ちゃんが本当に考えて選んだなら応援する」

「お父さん……」

父は彼女の幸せだけを願ってきたのだろう。

沢井はそんな父の願いを叶《かな》えたいとも思うのだ。

「ありがと」

彼女は自分が心から願っていることを考えつつ、りんごのお菓子を口にする。

ほんのり甘く、幸せな味がした。

研修医ブースで風見司は二年目研修医の佐々木と話をしていた。

「今日で最後なんですね」

「そうだね。少し早いけど、有休を使って引っ越すことにしたんだよ」

佐々木の赴任地は札幌であるため、さほど遠いわけではないが、有休が多く残っていたので使うことにしたのだ。

三年目以降であれば外来患者の主治医となっているため、引き継ぎがあって忙しくなるが、研修医の場合は担当患者がおらず余裕がある。そのため、医師として本格的に忙しくなる前の最後の長期休暇とする者たちも少なくはなかった。

「すみません、送別会もできなくて」

「こんなご時世だからね、仕方ないよ」

「その代わりなんですが、記念品を贈ります」

風見は印鑑付きボールペンを渡す。

「ありがとう。これ便利だよね」

佐々木はキャップを外して印鑑の部分を眺める。

病院内では処方箋《しょほうせん》などに頻繁に判子は使われるのだが、佐々木は保健所に行く予定であり、そこで使うかどうかわからなかった。けれど、そんな心配は杞憂《きゆう》に終わり、喜んでもらえたようでよかったと風見は安心する。

「じゃあ、風見くんも研修、頑張ってね」

佐々木は自分の机に戻っていく。すでに机の上に彼の私物は一つもない。

一抹の寂しさを覚えつつも、彼の新生活がうまくいくように、と風見は願う。

そこに清水がやってきた。

「あ、佐々木さんに渡せた？」

「うん、バッチリ。あとは朝倉が家上さんに渡したら終わりかな」

二年目研修医の李は、この休みを使って実家に帰るらしく、一足早く休みを取っていた。

明日からは二年目研修医は二人になり、来週には皆が卒業する。

あっという間に一年が過ぎてしまったと物思いにふけっていると、研修医ブースに三つの足音が近づいてくる。

「……家上パイセン、今度就職祝いに奢《おご》ってくれよ」

「逆だろ、普通。朝倉が払うのが順当だろ」

二人は先輩後輩とはいえ、元同期だから仲がいい。

ふざけ合う二人に、平山が乗っかった。

「俺も祝いに行くから、職場に可愛い子いたら紹介してくれよ」

「平山に紹介できる人がいるわけねーだろ」

「そこまで理想は高くないぞ。可愛くて優しくて健気《けなげ》な子だったら誰でもいい」

「十分わがままだろ。そんなだから、ほかの男と比べられて捨てられんだ。……まあ、筋肉ゴリラが好きな子がいたら話してみるわ」

「助かる……いや、ゴリラじゃねーから」

そんな話をしながら三人が入ってきた。

風見は平山の逞《たくま》しい体つきを見ながら、ふと思い出した。

（そういえば……ベンチプレスとダンベルを僕が引き継ぐって話になってたなあ）

この病院に来たばかりの頃、そんな話を平山としていた。

風見が昔のことを懐かしがっていると、彼らもまた同じ気持ちであったようだ。平山が辺りを眺めて呟《つぶや》く。

「二年目のブースもすっからかんだよな」

家上は肩をすくめる。

「そうじゃないと、次の一年目が使えないからな。平山のところ、念入りに掃除しないとヤバいだろ。ゴミ屋敷だったし」

「そこまでじゃねえって」

「共有部分まで侵食してただろ。俺のスペース、狭かったんだけど」

「あのトレーニング機器は風見のもんだから。俺のじゃねえから」

結局、一回も使わなかったのだが、やはり風見の所有物になっていたらしい。

新しい一年目が来たらすぐに引き継ごうと風見は思いつつ、そちらを眺めると、

（なんか増えてるんだけど）

トレーニング機器の数が、聞いていた話と違う。

風見は改めて、ものを増やして散らかす同期がいなくてよかったと苦笑いする。

平山はそれから一年目研修医を見回す。

「整形外科に来るなら歓迎するからな」

医師の世界では上下の繋《つな》がりは大事にされる。

家上もまた、後輩を大切にしていた。

「同じ病院に行くこともあるだろうし、気軽にコンサルトとかもしてくれていいよ。連絡くれたら、いつでも話くらいは聞くしさ」

「ありがとうございます」

道内の病院という狭いコミュニティの中で医師として生きていくにあたって、同じ病院で過ごした医師たちの間で関係ができあがり、出会いと別れを繰り返す。

二年目研修医がいた形跡がなくなっていく。そして引き継がれるものがあり、新しく訪れる者がいる。

(自分がいなくなるとき、残していくものはなんだろうか)

来月から新たに来る研修医のことを風見は思うが、イメージが湧かなかった。

二年目たちが片付けのために研修医ブースからいなくなると、清水が当直表を眺める。

「そっか……先輩たちがいないから、当直も増えるんだ」

上級医と研修医の二人がペアを組んで回しているため、二年目がいない間は一年目が頑張らないといけないのだ。

「きっついよな」

朝倉もまた、ぎゅうぎゅう詰めの当番表に恨み言を漏らす。

風見はうんうん、と頷《うなず》いた。

「本当だよね」

「いや、風見が多いのは元からだろ。毎月八回は入ってるじゃねえか」

「数は同じだけど、後半に集中してるんだよ」

「あー……確かに、週二だとまだ休みがあるが、週三だと毎日が当直か明けだもんな」

「そういうこと」

そこまで集中すると、当直に慣れていても肉体的につらいものである。特に寝られなかった場合は、休息がほとんど取れないことになってしまう。

清水が当番表を眺めたまま呟《つぶや》く。

「休みが合う日、ほとんどないね」

「月末に外部の先生が来てる日があるな。どっか行かねえか？」

「いいね！　沢井ちゃんも大丈夫かな？」

「空いてたと思うが、あとで聞いてみるか」

「沢井も最近、悩んでたみたいだし、気晴らしできるといいよね」

「そうだよね！」

清水は沢井が喜んでくれたらいいなと言う。

それから風見は来月からのことを考える。

「後輩たちがうまく病院に馴染《なじ》めるように、作戦会議もしよう」

「おう。新米研修医《ホワイトルーキーズ》たちは右も左もわからねえからな」

「朝倉、先輩っぽいね。僕はまだ新米気分だよ」

「研修医だから新米でいいだろ。俺もまだわからねえことだらけだ」

それでも、最初に来たときとは皆が見違えるようになった。

朝倉は二年目研修医からもらった各科ローテートの回り方やよく使う処方などのメモを探し、清水は縫合セットなど練習台を見る。慌てん坊だった彼女も、この一年ですっかり落ち着いてきた。


風見は別れの寂しさとともに、少しずつ、新生活への希望も抱くのだった。


沢井は皮膚科の外来にいた。

処置用の一室でベッドに横たわっているのは、乳《にゅう》がんの患者である南洋子だ。

彼女は乳腺外科《にゅうせんげか》を受診したが、すでにがんは進行していたため手術は不可能であり、化学療法を行いつつ、緩和ケアが開始される運びとなった。

そして今は、乳がんの出血や悪臭を軽減するために、対症療法的に治療が行われているところであった。ペーストを用いた皮膚科領域の治療であり、沢井が再び南を担当していた。

沢井は皮膚の保湿に使われるワセリンをヘラにとってから、南の乳房に目を向ける。

がんにより赤く盛り上がった部分の周囲に、ワセリンを載せていく。このあと使うペーストの薬剤が正常な皮膚の部分まで漏れ出ないように、土手を作るのだ。

沢井は慎重な手つきで、けれど南に不安が伝わらないように、慣れたふうに振る舞う。

問題がないことを確認した後、沢井は薬剤師の小桜《こざくら》ゆめに目を向ける。

陪席していた彼女は、容器に入った薬品を渡してくる。

「モーズペーストです」

「ありがとうございます」

白いペースト状のその薬品は、タンパク質を凝固させる性質がある塩化亜鉛を注射用水で溶かし、亜鉛華デンプンを少量ずつ加えてペースト状にし、最後に硬さの調節のためにグリセリンを加えて作られる。

国内で販売されていない薬品であるため、空知総合病院内の薬剤師によって作られる「院内特殊製剤」だ。

今回は小桜が用意したため、ここに来ている。

「硬さは大丈夫ですか？」

彼女は沢井に確認する。

「大丈夫だと思います」

沢井は答えつつも内心、不安ではある。しかし、その気持ちを顔に出せば、彼女以上に、患者が不安になってしまう。

（予定通り、問題ない）

沢井は自分に言い聞かせながら、モーズペーストを南の乳房に載せていく。

しっかりした硬さがあるが、ヘラで伸ばすと広げることができる。

「……すみませんね、私のわがままを聞いてもらって」

南が沢井に告げる。

今回は患者のたってのお願いで沢井が処置を行う運びとなっていた。処置に慣れた看護師もいるとはいえ、やはり緊張はする。ただ、モーズペーストを塗っていくだけだとしても、なにか起きるんじゃないかという気はしてしまう。

「わがままだなんて、そんなことはありませんよ」

沢井はそれだけを告げる。

一瞬無言ができると、緩和ケアチームの看護師の野宮がすかさず声をかけた。

「南さんが治療を受けやすいように、皆でサポートしていきますからね」

「ありがとうございます」

助かるなあ、と沢井は内心でほっとする。

患者とのコミュニケーション、特に声かけには気を遣うことも多い。とりわけ研修医は経験が豊富というわけではなく、沢井は元々口べたであり、上手なやりとりが自然にできる性格ではなかった。

処置に集中していると、南が質問してくる。

「これの硬さって変えられるんですか？」

先ほどの沢井と小桜の会話を聞いていたからだろう。

医師からすると、治療にあまり関係がないどうでもいい内容について、聞かれるときがある。それは単なる好奇心からの会話であったり、気を紛らわそうとしているからであったりと理由はさまざまだ。

沢井がどう答えたらいいかと悩んだ矢先、小桜が告げる。

「そうなんですよ。グリセリンという、化粧品にも含まれている粘りけのあるものを加えています。私の手作りなので、硬さも自由自在です」

「不思議なものですね」

南はまじまじと、モーズペーストを眺める。

単なる雑談であったのだろう。けれど、ここで「得体の知れない物質」から、「親切なスタッフが作ってくれたもの」という認識の変化があったのかもしれない。

使っている物質そのものが変わったわけではないが、先ほどよりも南の表情は和らいでいるように見えた。

沢井はモーズペーストを塗り終えると、ヘラを置いた。

「できました。痛みは大丈夫ですか？」

「はい」

「少し、時間をおきますので、ゆっくり休んでいてください」

「ありがとうございます」

「なにかあったら、すぐに教えてくださいね」

沢井はそのように告げる。

もちろん、そうした声かけがなかったとしても、患者は気になることがあればいつでも質問したっていいし、スタッフも声をかけられたら反応する。とはいえ、中には自分から話をするのが苦手な人もいるし、南はそのタイプだろう。

だから最後の一言は事務的な会話であったとしても、心理的に頼りやすくなり、コミュニケーションが円滑になる意味があるのではないかと沢井は思う。

その場を看護師に任せて、沢井はいったん退室する。

「ふう……」

一息つくと、あとからやってきた小桜が微笑《ほほえ》む。

「『沢井先生』は落ち着いていて素敵ですねぇ」

「そ、そんなことはないですけど……」

沢井は言ってから、小桜のいつもと違う呼び方に口をとがらせる。

「ゆめちゃん先輩、からかってます？」

「そんなことないですよお。『詩織ちゃん』は今でも可愛い後輩ですけど、働いているときは素敵な『沢井先生』なんです」

誰しも立場によって違う面を持っているし、今は職場で「医師」と「薬剤師」という立場だから敬語も使っている。

昔からよく知っている小桜に医師として評価されて、沢井は嬉《うれ》しい反面、気恥ずかしくもある。

「南さんにとっても、きっとそうですよ」

「それなら……よかった」

沢井はほっとする。

医師としての成長は自分だけじゃなく、患者にとっての利益にもなるから。

「そろそろ時間ですねえ」

小桜が時計をちらりと見るので、沢井は処置室に戻る。

南に変わった様子はなかった。

「ご気分は変わりないですか？」

「ええ。大丈夫です」

「それでは確認しますね」

モーズペーストを取り除くと、その下には白色に変化した腫瘍《しゅよう》組織が現れる。組織が変性しており、出血や浸出液は出てこなくなっていた。

やがては腫瘍が剥《は》がれ落ちることが期待できる。

「処置は問題ないかと思います。きれいにしますね」

「ありがとうございます」

沢井はモーズペーストやワセリンを取り除いていく。

南はそんな彼女に視線を向ける。

「本当に……先生がいてくれてよかったです」

「いいえ、たいしたことは……」

「話を聞いてくれて、親身になってくれて、救われました」

南はきっと今、この瞬間は腫瘍《しゅよう》のつらさも少し和らいでいるのだろう。処置で症状が改善しただけでなく、気持ちも受け入れられたと感じただろうから。

（……そっか。一人はつらかったよね）

医師として診察や治療ができるから、という側面があるのは間違いない。

しかし、そうでなかったとしても、寄り添ってくれる人がいるだけで、人は安心するものなのかもしれない。

患者と打ち解け、信頼されること。それは治療を進めていく上で、医学と同様に大切なのだと沢井は思う。

「困ったことがあれば、いつでもご相談ください」

自然と沢井は口にした。

それから、いつも忙しそうに働いている父の姿を思い出した。夜中に呼ばれても、快く患者の診察をしている彼を。

（お父さんの気持ち、今ならわかるかも）

医師としての責任感だけじゃなくて、患者との間にできた関係の中で、寄り添っていきたいと沢井は思う。

「先生、ありがとうございました」

「はい。お大事にしてください」

南は衣服を整えると、沢井に礼を言ってから処置室を出て行く。

(少しでも気持ちが楽になってくれたらいいな)

今はまだ、自分が望んでいる医師としての姿は、はっきりとした形にはなっていない。

いつでも患者の相談には乗ってあげたいとは思うが、三百六十五日のオンコールに耐えられるとは考えられないし、激務だと次第に余裕がなくなってしまうのは目に見えている。今時、そんな働き方も推奨されないだろう。

けれど、どんな形であれ、苦しんでいる人の手助けが躊躇《ちゅうちょ》なくできる医師になれたらいいと、沢井は思うのだった。

5　旅立ち、そして初立ち

三月末、空知地方にはまだ雪が残っていた。

気温は徐々に上がって北海道の遅い春を迎えつつあり、市街地では路面も露《あら》わになっていたが、そこを少し外れると雪と泥が入り交じった道が続いている。

研修医たち四人は、空知地方を南北に流れる石狩川《いしかりがわ》に沿って南下していた。休日のお出かけである。

「道路もぐちゃぐちゃだな」

朝倉は洗車しないといけない、と面倒そうに言う。

風見は窓の外の白い風景を眺める。

「夏場は田んぼが青々としていたけど、冬になると全然、活動している気配がないなあ」

「新十津川《しんとつかわ》は米所だから」

沢井は風見の疑問に答える。

空知地方の中心にある滝川市《たきかわし》の、石狩川を挟んだ向かいにあるのが新十津川町だ。北海道でも有数の米所である。

「石狩川の西側は、だいたいこんな景色だよな」

「うん」

空知に住んでいた沢井にとっては見慣れた光景だ。

しばらく進んでいくと、道路沿いに酒蔵が見えてきた。

「金滴酒造《きんてきしゅぞう》だ。寄っていくか？」

空知地方には新十津川の金滴酒造と、栗山町《くりやまちょう》の小林酒造《こばやししゅぞう》と二つの酒蔵があるが、いずれも百年を超える歴史を誇っている。

風見はすぐに興味を示した。

「お願いしたいけど……皆、時間は大丈夫？」

「もちろん。……あれ？　風見くん、お酒を飲むの？」

「自分用じゃなくて……今度実家に行こうと思ってて、手土産《てみやげ》用だよ。父親がよく飲む人なんだよね」

「ようやく風見も実家に行く気になったか」

朝倉がからかうと、沢井は彼のほうをちらりと見てから、風見に視線を移した。

「もう一年が過ぎちゃったからね。正月にも帰ってないし……そろそろね」

大学に進学をする者がほとんどいない家庭で育った風見は、二度の大学生活が長く、肩身の狭い思いをしていたが、ようやく前を向こうとしている。

研修医とはいえ、一年間の就労は確かな経験と自信になったと言えよう。

「さて、着いたぞ」

建物の正面上部には、金色の文字で「金滴」と書かれていた。

一行が中に足を踏み入れると、店内には酒瓶が多数陳列されている。

「『新十津川』や『金滴』はよく見かけるよな」

「空知を観光していると、あちこちのお店で売ってるよね！」

この地方の名産品として、ホテルや物産館にもよく置かれている。

風見は「どれがいいかな」と眺めていく。沢井は普段飲まないからか、そちらよりも地酒を使った食品のほうに意識が向いていた。酒粕《さけかす》ラーメンや酒粕チーズカレーなど、一風変わったものもある。

「沢井はアイスとかケーキのほうが好きそうだな」

「うん」

「でも、酔っ払っちまうか」

子供扱いする朝倉に、沢井は口をとがらせる。

「そんなことないよ。……あるかも」

「やっぱりな」

笑う朝倉と、彼を小突く沢井である。

清水は酒蔵に興味があったが、

「見学は平日だけみたい」

と残念がる。

沢井はアイスを買おうかと考えたが、もし酒の風味が強すぎて食べられなかったら朝倉に食べさせようと、持ち帰りのできるケーキを買った。そして風見は特別純米酒を土産とした。

「『新十津川』にしたんだね」

「『金滴』のほうが有名かなって悩んだんだけど……僕が今いる場所はここなんだなって思うと、『新十津川』がいいかなって」

「お父さんにも、伝わるといいね」

「そうだね」

なかなか折り合いは悪かったが、自立した大人として、向き合っていければいいと風見は言うのであった。

さて、四人は車に乗って、再び空知の旅へ。

「この辺に新十津川駅があるんだったっけ」

「うん。もう廃線になっちゃったけど。昔はよく使ってたよ」

沢井にとっては馴染《なじ》みの場所だが、二〇二〇年五月七日に廃線となったため、ほかの三人にとっては関わりがなかった。

途中に大学があることから『学園都市線《がくえんとしせん》』の愛称で親しまれてきたが、採算が取れなくなり、今は北海道医療大学《ほっかいどういりょうだいがく》までの路線が維持されているのみだ。

北海道は広く、路線の維持も困難であり、老朽化や人口減少など直面する問題は多々ある。

「駅も寂しげだな」

今や療養型病院である空知中央病院《そらちちゅうおうびょういん》のすぐ隣に小さな駅舎があるばかりだ。

それを見送ってから、一行はさらに南へ向かっていく。

石狩川の近くを進んでいくと、反対側に湖が見えてくる。

「わあ……きれい」

日に照らされてきらきらと輝く湖面に、清水は見とれた。湖面が揺らめいて、そのたびに輝きが形を変える。

石狩川は長い年月をかけて川筋が変わっており、その周囲には取り残された三日月湖が多数見られることで有名だ。

その一つ、袋地沼《ふくろじぬま》である。

「あ、白鳥」

沢井が指さす先には、十羽ほどの白鳥の優雅な姿が見える。渡り鳥であるそれらは、越冬のために十月頃にシベリアから北海道に渡ってきた。雪が積もるにつれてさらに南下し、やがて春が近づくとこの袋地沼に再び集まって翼を休め、四月ごろには帰っていくのだ。

「もうすぐ、旅立ちだな」

「そうなの？」

沢井の疑問に、風見が返す。

「四月には越冬を終えてシベリアの繁殖地に行くんだよね」

「……ここで見られるのも、あと少しなんだね」

清水は旅立ちを待つ白鳥たちを眺める。

あと少しで、長く過ごしたこの地を離れていく。

「あの白鳥たちは……不安じゃないのかな？」

「僕みたいな性格なら、ビクビクしてるかもね」

風見の冗談に清水は笑う。

「でも、新しい場所に期待してるかもしれないよ！　自分にとって、もっと住みよい場所かもしれないって」

「そうだといいね」

新天地はいずこにあろうか。

風見は自分の姿を、白鳥たちに重ねて見ていた。

四人はまた車に乗り、しばし南下していく。幾度となく三日月湖が見られ、いずれも美しい湖面が堪能できるが、まだ凍結しているところもあった。

しばらく運転していると沢井があくびをして、それを朝倉が一瞥《いちべつ》する。

「そろそろ美唄《びばい》だし、焼き鳥でも買ってくか？」

「ん、賛成」

かつては炭鉱の町として栄えたが、現在は穀倉地帯に変わっており、米のほかにもハスカップやグリーンアスパラガスに関して日本で有数の産地として知られている。

そして名物料理としては焼き鳥が有名だ。

電話でテイクアウトを注文しておくと、店についたときにはできあがっている。四人は焼き鳥のほかに同じく名物の「とりめし」も頼んでおいた。

茶色いご飯に鶏肉が入っている。

「おいしそう！」

ドライブがてら食べることにしたが、沢井はとりめしを口にして、目を丸くする。しっかりと味がしみこんでいて、うまみがたっぷりだ。

そして焼き鳥はタレがほどよくかかっており、肉はジューシーで柔らかい。

食事中はマスクを外すので会話は避けているが、朝倉は笑顔の沢井を見て口元を緩めた。

それから西に向かっていくと、旅の目的地が近づいてきた。

田んぼがあちこちに見える中、大きな湖が見えてくる。野鳥生息地として有名な宮島沼《みやじまぬま》であり、ラムサール条約にも登録されている世界的な名所である。

駐車場に車を駐《と》めてから、四人は湖に向かっていく。

「マガン、いるかな」

沢井が空を見ながら呟《つぶや》く。

宮島沼にはマガンが飛来するシーズンがあり、そのときには湖面が埋め尽くされるほどの壮大な光景となる。最大でおよそ六万羽にも至ると言われており、バードウォッチャーたちで賑《にぎ》わうのだ。

「まだ時期には少し早いから、どうかなあ」

風見は言いつつ、空を見上げて「あれはカラスかな」と鳥の影を探す。

湖の側《そば》に設置された保全のためのセンターを通り過ぎていくと、広々とした湖が見えた。

清水は言葉を失いながら湖を眺める。雄大な自然がそこにあった。

青々とした空よりも深い青の湖には、ほとんど鳥の姿はない。まだ早かったかと肩を落とす風見であったが、

「あっ」

と沢井が声を上げた。

彼女が指をさす先では、数羽のマガンが飛んでいた。

「やってきたばかりで、周囲をあちこち確認してるのかな」

「餌とかねぐらとか、考えることはたくさんあるんだろうな」

初々《ういうい》しい鳥の姿を眺めつつ、風見は目を細める。

旅立っていく者もいれば、訪れる者もいる。きっと、その繰り返しなのだろう。

四人はしばし、自然の中に身を置き、ゆったりと過ごす。やがて清水が少し寂しげに口を開いた。

「一年、終わっちゃったね」

「あっという間だったな」

「いろいろあったはずなのに、思い出すと当直してる記憶しかないや」

「風見はそれしかしてねえからだろ」

呆《あき》れる朝倉である。

風見は反論しようとしたが、それよりも懐かしさが勝った。

「最初はさ、病院はあんなに恐ろしい場所だったのに、今じゃ我が家みたいなものだよ。すっかり、慣れた場所になったなあ」

「風見くん、住み着いてるもんね……」

清水が苦笑いし、沢井も肩をすくめた。

風見はそんな三人を見回し、宣言する。

「なんにせよ、折り返し地点に来たんだ。もう一年も頑張ろう、この四人で！」

「だな」

「頑張るぞー！」

「おー」

四人は次の一年間に思いを馳《は》せる。

一年後、自分が旅立つ身として独り立ちできるように、と。

6 新たな研修医たち《ホワイトルーキーズ》

四月、空知総合病院は風見たち研修医を受け入れてから、二度目の春を迎えていた。

以前の二年目研修医が使っていた机には、違う持ち主の荷物が置かれている。

入職から数時間しかたっていない新一年目研修医たちが、オリエンテーションから戻ってきたばかりだった。

「……先輩から聞いてたけど、本当になんもなかったっすね」

「マナー講習とかが続くより楽ですけど」

「確かにそうですね」

他人行儀な会話であるのは、彼らも初めて会ってから間もないためだ。

会話が聞こえてきたので、研修医ブースにいた二年目研修医——風見司はそちらに顔を覗《のぞ》かせた。

「お疲れさま。オリエンテーションはなんもなかったでしょ?」

「はい。聞いていましたが、驚きました」

風見は三人の新一年目研修医たちを見る。

定員は四人なのだが……。

(一人は国試に落ちたんだっけ)

医師国家試験の合格率は九割を超えているとはいえ、少なからず落ちる者はいるのだ。

国家試験の合否判定は入職の直近であるため、そこで不合格を食らうと内定も取り消しになる。

医師免許がないとできる仕事は限られることもあって、勉強してまた来年となるのだ。

内定は毎年判断される場合もあれば、小さな病院では翌年まで枠を確保しておいてくれるときもある。

風見はそこには触れずに話を続ける。

「改めまして、二年目研修医の風見司です」

病院見学のときに会ってはいるが、同じ職場の職員として働き始めるのだ。

三人のうち一人がまず挨拶をする。

眼鏡をかけた線の細い男性だ。

「一年目研修医の横峰修平《よこみねしゅうへい》です」

彼は札幌の出身だそうだ。口数が少なく、それ以上の情報はなかった。

そしてもう一人の大柄な男性が口を開く。

「一年目の原田剛《はらだつよし》と申します。私は再受験なんですが、ずっと大学にいまして、実は風見先輩の噂《うわさ》を聞いて、編入試験を受けてみようと思い立ったんですよ」

「そうなんですか!?」

驚く風見である。自分がそんなところに影響を与えていたとは。

「研究室が別だったので覚えていないかもしれませんが……実は同じ棟にいました」

「……もしかして、原田先生ですか⁉」

風見は名前が一致する人物を思い返すと、一人に行き着いた。

学生ではなく、工学部時代の助教だったはず。

「その原田です」

彼は言いつつ笑う。

大学のポストはなかなか空かず、待遇に悩んで転職する者も少なくないが、原田はとんとん拍子に出世していたと記憶している。

「まさか助教をやめるとは思ってませんでした」

「でしょうね」

原田自身にとっても、思い切った決断だったのだろう。

医学部編入生たちはさまざまな背景を持っているが、この関係性には風見も驚きを隠せない。

最後の一人は小柄な女性だ。

「小川《おがわ》美咲《みさき》です。よろしくお願いします」

彼女は頭を下げる。

医師を続けていると忙しさにかまけて身だしなみがおろそかになりがちだが、彼女はこぎれいにしていた。

三人の挨拶が終わると、それぞれが自席に着く。

（今年の研修医は、落ち着いてるなあ）

おとなしいタイプなのだろうか。

そう考えていた風見だが、去年の自分たちの姿を振り返って、

（いや、僕がバタバタしてただけかも）

と思い直すのだった。

一年もたてば当時の慌ただしさも、いい思い出であった。


神経内科外来では、清水涼子が患者およびその家族に対する病状説明《IC》を行っていた。

「……ＭＲＩ画像で脳を見ていますが、この部分ですね。白くなっているのがわかりますか？」

モニターに示されている脳の断面は、一部分が白く光っている。

「脳梗塞《のうこうそく》ですね。元々、心房細動《しんぼうさいどう》がある方ですので、心臓で血の塊《かたまり》ができて、頭に飛んで血管を詰まらせてしまった可能性が高いです」

「そうですか」

患者家族の受け入れは良好で、あまり抵抗は見られない。

この説明を受けるのも二度目だからだろう。

患者のカルテには、既往歴に脳梗塞の文字がある。年齢は九十歳であり、以前の脳梗塞で寝たきりになっている。

そのときに再発のリスクも説明されており、それゆえに受け入れがたい事実というわけではなかったのかもしれない。

「血をさらさらにするお薬で、血の塊ができにくくします。すでに死んでしまった組織は戻りませんが、少しでも機能を取り戻せるようにリハビリを行います」

二度目の説明であり、患者家族もわかりましたと答える。患者はなにも言わずに、ベッドに横になっていた。

「また、高齢であり、急変する可能性があります」

突然、心肺停止《CPA》に陥る可能性は、高齢では常につきまとう。そしてその際、胸骨圧迫をしたり人工呼吸器を使ったりしても、そもそも状態が悪化したために心肺停止となったため、そこから復帰できる可能性は乏しい。

胸骨圧迫では肋骨《ろっこつ》は折れてしまうし、人工呼吸器は容易に離脱できなくなる。人工呼吸器を途中で止めた場合はほぼ確実に死亡するが、その上で止めるのかどうか、と決断を迫られることになる。

余計な苦痛を与えないために、今では急変時心肺蘇生拒否《DNAR》を取るのが一般的になりつつあった。

「もちろん、通常の治療に関しましては、精いっぱい行ってまいります」

「よろしくお願いします」

清水は一通りの説明を終えてから、入院の手続きを進める。

空知総合病院では、研修医は主治医にはならないシステムになっており、電子カルテ上で入力する主治医の項目には指導医の名前を選択して入院決定を行う。

（報告に行かなきゃ）

ＭＲＩ画像は指導医に一度見てもらっていたのだが、その後はほかの急患が来るとのことで対応が必要であり、先の患者の病状説明《ＩＣ》は清水が行っていたのだ。任されているのは、頼りにされているからだとは思いつつも緊張する。ようやく病状説明が滞りなく片付いたことに安堵《あんど》しつつ、清水は隣の診察室に入る。

指導医はＭＲＩ画像を眺めていた。

「先生、お疲れさまです」

「清水先生、無事に病状説明は終わりましたか？」

「はい。先生を主治医として入院させました」

「ありがとうございます」

「……こちらの患者さんも脳卒中《のうそっちゅう》ですか？」

これまで病気をしたことがない六十歳の男性で、主訴は強い頭痛と嘔気《おうき》だと聞いていた。

症状からは脳卒中が疑われるため、まずは神経内科に振り分けられたのだが……。

指導医は首を横に振る。

「神経学的な異常は見られませんでした。ＭＲＩもきれいですね」

今のところ、脳卒中を疑う所見はないという。

「一度、私も診察に行ってもよろしいでしょうか？」

「ええ。結果説明もあるので、私も行きましょう」

指導医とともに、別室で休んでいる患者のところに向かう。

　ベッドの上に寝ている男性は、苦悶《くもん》の表情を浮かべていた。

「茂木《もぎ》さん、ＭＲＩの結果ですが――」

「はい。なにかありました？」

　茂木は検査結果をおそるおそる尋ねる。

　きっと、なにかあるのだと想像しているのだろう。

「いいえ。頭の画像は正常でした」

「そうですか……じゃあ、なんでこんなに頭が痛いんですかね」

　茂木はうめき声を上げる。

　清水はつらそうだと同情しつつも、全身の観察に努める。

（……あれ？）

　右の瞳孔《どうこう》が少し開いているように見える。

　そこに注意してみると、瞳孔の大きさに左右差があるのは間違いない。目も充血している。

「茂木さん、研修医の清水と申します。診察をしたいのですが、よろしいでしょうか？」

「え？　あ、ああ、研修医ね……」

　嫌そうな顔をする茂木である。こんな苦しんでいるときに、余計な対応をする余裕なんてないとでも言いたげだ。

　けれど、清水も負けてはいない。

「いつも目は充血しているほうですか？」

「目？　いえ、別に。赤くなってました？」

それが症状となんの関係があるのだろうか、という含みがある。

「少し、目を診察してもよろしいですか？」

「ええ……まあいいですけど」

清水は茂木の瞼《まぶた》の上から目に触れる。軽く押してみると……。

（硬い！）

すぐさま清水は指導医に所見を伝える。

「先生、眼圧が上がっている可能性があります」

そこで彼も頷《うなず》くので、清水は診察を続ける。

「光が当たります。まぶしいですよ」

清水は茂木のまぶたを押し上げてから、ボールペンの反対側についているペンライトで照らしてみる。

「まぶしっ……！」

茂木は目を閉じようとするのだが、清水がまぶたを押さえているため、そうはいかない。

「対光反射が消失していますね」

光が入ったときにまぶしくないように、瞳孔《どうこう》が小さくなる反射なのだが、眼圧が上がった影響で、それが見られなくなっていた。

清水は指導医に視線を向けると、彼も納得していたようだ。

「眼科にコンサルトしてみましょうか」

その結論が出ると、清水は眼科ローテートが役に立ったと感じる。

こうした地方の病院では、自分の専門の患者のコンサルトだけを引き受けていればいいとはいかない。初診では他科の疾患も紛れ込んでいるのだ。

幅広く、最低限の知識は持っていないといけない。

（……大丈夫かな）

あと一年でどこまでできるだろうかと不安になる清水を、茂木の声が現実に引き戻した。

「いや、まさか原因が目だなんて……思っていませんでした」

「私もですよ。清水先生に感謝ですね」

指導医はあえてそう言ったのだろう。茂木の態度を見ていたから。

茂木はしばし、申し訳なさそうな表情をしていたが……。

「清水先生、ありがとうございました」

「い、いえ！　治療がうまくいくといいですね」

茂木は清水に頭を下げる。先ほどとは打って変わって、慇懃《いんぎん》な態度である。

最初から医師として扱ってほしいという思いがないでもない清水だが、

（やっぱり患者さんとの関係を作るのは、丁寧な診察と対話、確かな診断だよね）

そのように感じる。

他科への紹介の足がかりとなることも肝要だが、やはり自分も頼られるような専門性を持ちたいという思いが清水に生じる。

「手紙は私のほうで書きますので、清水先生は先ほどの入院患者さんの対応をお願いします」

「はい、わかりました。先生、ありがとうございました」

「こちらこそ、助かりました。長く専門ばかりを見ていると、他科の知識はおろそかになってしまいますから、若い先生が来てくれると我々も学び直しになりますよ」

指導医はそう言いつつ、神経内科外来に戻っていく。

清水は彼に頭を下げてから、病棟に向かうのだった。

7　颪見と血潮（1）

空知総合病院の内視鏡室では、颪見司が内視鏡を握っていた。

すぐ側《そば》で指導医である大林《おおばやし》が見守っている。消化器内科ローテート中であり、その組み合わせは珍しくはない。

とはいえ、現在は早朝の始業時間前だった。

颪見の顔は緊張し、ややこわばっている。それもそのはず、内視鏡のモニターには血まみれの胃が映っていた。

（どこだ、どこだ……）

止血を行うための内視鏡検査であるが、血が多く出ていると、血だまりになっていたり、固まりができていたりと、出血部位が見えなくなる。

時間がたてばたつほどに血は多くなり、患者の状態も悪くなっていく。

颪見は焦らないようにと気持ちを静めながら、内視鏡を操作して血を吸引する。

ズズッと音を立てながら、血が吸い込まれていく。すると……。

（あった！）

血が噴き出している場所があり、そこが数珠《じゅず》のように盛り上がっている。胃の下にある静脈が見えているのだ。

「静脈瘤《じょうみゃくりゅう》です！」

「ええ。結紮《けっさつ》してください」

風見は処置用の道具を準備すると、内視鏡の先端をあてがう。

「お願いします」

看護師に合図を出すと、盛り上がった静脈瘤がゴムバンドで縛られていく。

（どうか、止まってくれ……！）

なかば祈りながら風見は画面を凝視する。

処置が行われた後、出血点を見ると、血が噴き出している様子はない。

「……止まりましたね」

風見はほっとする。けれど、休んでいる暇はない。すぐさま大林は次の指示を出す。

「洗浄して、出血がないことを確認してください」

「はい」

風見がフットスイッチを押すと、ウォータージェットが起動して、内視鏡の先端から水が送り出される。

胃内の血が洗い流されると、だんだんと赤い水の色が薄くなっていく。それらを吸引すると、次第に胃壁がきれいに映るようになった。

膨らんだ静脈が透けて見えるが、血が噴き出しているところはない。先ほど出血していた部位はゴムバンドで縛られて、おとなしくなっていた。

「出血点は止血されています。そのほかに明らかな異常もありません」

「はい。よろしいです」

「お疲れさまでした。終了しますね」

風見は患者に声をかけて内視鏡を引き抜く。それが終わって、内視鏡を置くと一息ついた。

自分が大きな処置をしたという恐れや興奮、うまくいったという安堵《あんど》、さまざまな感情がないまぜになっていた。

「画像で説明しますね」

大林が告げると、風見ははっとしてパソコンの前に向かう。

呼吸を整えてから患者のカルテを起動する。

七十代の男性で肝硬変《かんこうへん》、食道胃静脈瘤がある患者だ。長期間、大量の飲酒歴があり、これまで何度も注意されているが、本人に直す気がなく、吐血するたびにこうして受診しているという経緯がある。

今回は時間外に吐血を主訴に救急外来を受診したため、当直をしていた風見が診察し、消化器内科の当番医である大林にコンサルトを行った。

大林は呼ばれてすぐに来たのだが、「責任を持って最後まで診察するいい機会でしょう」と風見が担当医として、そのまま内視鏡を行うことになったのだ。指導をするにしても時間があるときのほうがしやすいことや、風見もこれまで練習して技量もおおむね問題ないレベルになっていたのも理由だ。

もちろん、緊急性が高ければ大林が迅速《じんそく》な処置を行ったのだろうが、そこまでではないと判断して任されたというのが今回の顚末《てんまつ》である。

「矢場《やば》さん、お疲れさまでした」

「いやー、まさかね。こんなに血が出てるとは思わんかったよ」

風見が示す画像はかなり血まみれだ。

当事者である矢場は慣れているのか、ちっとも危機感がない。

「静脈瘤《じょうみゃくりゅう》から血が出ていたので、ゴムバンドで止血しました。再出血する可能性もありますから、今日は入院してくださいね」

「いやあ、でもさあ。ここの病院、入院したら酒が飲めないんだろ?」

「今時、どこの病院もそうですよ」

「いやな時代になっちまったなあ」

反省したそぶりのない矢場である。

常連であるため、看護師も慣れた調子で窘《たしな》める。

「諦めてくださいね」

「はいはい、わかりましたよ」

「それでは病棟に案内しますね」

看護師が矢場を連れて退室していく。

風見が内視鏡検査で行った内容をカルテに記載するのを見つつ、大林は説明をする。

「基本操作は大きな問題なくできていたかと思います」

「ありがとうございます」

「あとは練習、経験あるのみですね。よりスムーズに、滞りなく、狙った動きができるようにしてください。今回のように少量の出血であれば、視界は良好ですが、大量の出血だと一瞬しか見えないことがあります。チャンスは一瞬しかなく、それを逃すと刻一刻と状態が悪化して泥沼にはまっていく……そんな症例もありますから」

風見はゴクリと生唾《なまつば》を飲み込む。

日中であれば、上級医がいてヘルプを呼べる環境だ。

しかし、内科医として独り立ちした三年目以降は、休日夜間は自分一人でなんとかしなければならない。

そのプレッシャーを感じて、風見は硬くなる。

「大丈夫です。風見先生は真剣に取り組んでいますし、操作もそつなく行えています。すぐに上手になるでしょう」

「本当ですか？　僕は消化器内科ができるかどうか、不安なんですが」

内視鏡は奥が深く、難しい手技はいくらでもある。

「そこは問題ないでしょう。もし、消化器内科への適正というものがあるとすれば、二点だと私は考えています」

「それはどのようなことですか？」

風見にはまったく予想がつかなかった。

大林はたいした内容ではないように淡々と告げる。

「まず、夜間の呼び出しが多いことですね。循環器もそうですが、緊急で処置を行う必要がある症例も少なくありません。我々は血を吐いた、血便を出したと言われたら、飛んできて緊急内視鏡を始めるわけです」

「大変ですよね」

「体力的には間違いなくそうでしょうね。とはいえ、消化器内科をずっと続けている医師は、緊急内視鏡で燃え上がる性格が多いように思われます」

「……情熱ですか」

「ええ。内視鏡で処置して、自分が治療したという確かな手応えがあるのは、風見先生も今経験したことでしょう」

風見は大林の言葉にしかと頷《うなず》いた。

危機を切り抜けたという実感があるのは間違いなかった。

「内視鏡の処置は楽しいので、仕事という感覚にはならないと言う先生方が多くおられます」

「未熟者ですが……技術を磨く楽しさというのはわかる気がします」

「風見先生は当直もたくさん入られていますし、向いているかもしれませんね。消化器内科から他科に転科される先生は、内視鏡が好きでも、呼び出しが嫌だったり生活が合わなかったりする方も多いですから」

風見は体力的には確かにそうかもしれないと考えつつも、鵜呑《うの》みにせずにもう少し話を聞いてみようと思う。

「もう一点はなんでしょうか？」

「矢場さんのような患者さんが多いということですね」

「……悪い人ではないとは思いますが」

確かに生活習慣はひどいが、風見は特に彼に対して思うところはなかった。

それは当直に慣れすぎていて、どんな時間に患者が来ようと受け入れてしまうからかもしれないが。

「そう思えるのなら向いていますよ。消化器内科をやっていると、よく出会う性格です。陽気で人は悪くないものの、多量の飲酒をする困った方々ですが……『本人は』困ってないんですよ。酒が飲めないなら死んだも同然だから、死んでもいいから飲むんだと、何度言われたかわかりません」

「確かに……ああいう患者さん相手だと、怒って喧嘩《けんか》になる先生はいそうですね」

「ええ。私は若い頃、生活指導など厳格にしすぎて、患者さんに厳しすぎると不満を言われたこともあります」

きっちりした大林のことだから、容易に想像できて、風見は愛想笑いをすることしかできなかった。

「無論、いずれの内容も他科でも起こり得ることですけれどね。呼び出しが多い科はたくさんありますし、同じパターンで何度も受診する患者さんは各科に形は違えどいるでしょう」

「たばこの多い呼吸器内科患者とか、食べ過ぎの糖尿病内科患者とか、いろいろありますよね」

「内科ばかりの気はしますが……まあ、いろいろですね」

消化器内科であっても、一通りの内科全般は診《み》ることになる。大林は困った顔をしていたが、話を戻した。

「消化器内科は内科の中でも循環器と一、二を争うほど患者数が多く、需要も大きい科です。仕事の幅や働き方も広く、内科を考えているのであれば、候補として考えてもよいと思いますよ」

「……そうですね。考えておきます」

大林が無理に勧誘しないのは、いいところも悪いところも知っているからだ。そしてその上で研修医本人が納得して選ばなければ続かないため、意味がないと思っているのだろう。

風見はこれからの進路を想像していたが、内視鏡検査の所見を書き終えたので立ち上がる。これから病棟に行かなければならない。

振り返れば、内視鏡がある。握った手の感覚が、よみがえってくるようだった。

研修医ブースに、一年目研修医の原田剛がとぼとぼと戻ってきていた。

ため息をついており、落ち込んでいる様子であったので、朝倉がぽんと肩を叩《たた》いた。

「お疲れさんっす。なんかあったんすか？」

朝倉は軽い口調である。

年齢的には原田のほうが一回り上だが、医学部は年次で上下関係が決まってしまう。とはいえ、かなり年齢差がある場合は、お互いに気を遣う場合も多い。

ため口、あるいは逆に敬語を嫌がる人もいるが、朝倉は原田の性格をさっと見抜いて、こうしたコミュニケーションの取り方になったのだ。

「朝倉先輩、実は……今日も採血を失敗してしまいまして」

「最初の頃は、このままずっとうまくならないいんじゃないかって気になりますよね」

「うまくなってる実感もないいんですよ。私は不器用ですし、年を取っている分、飲み込みも悪い自覚はあります」

「まあ、大丈夫っすよ。うちにはとんでもない不器用なのがいますが、今や超優秀な研修医になりましたから。不器用なままっすけど」

「朝倉くん⁉　聞こえてるけど⁉」

「やべっ、聞こえてた」

姿は見えないが、近くにいたらしい清水の声が彼らの耳に届く。

おどける朝倉に、原田は意外そうな顔をする。

「清水先輩が、ですか？　とても優秀な方だと噂《うわさ》になっていましたが」

「俺も雰囲気からそうだと思ったんすよ。いや、優秀ではあるんですけどね、俺らの中で一番。でも、不器用なんですよ、手先も生き方も――」

「ねえ、朝倉くん。変なこと吹き込まないで⁉」

気づけば後ろに清水が立っていて、朝倉は大仰《おおぎょう》に驚いてみせる。

「おっと、口が滑った。まあ、そんなわけで原田さんも大丈夫っすよ」

「……朝倉先輩が言うと、なんか説得力がありますね。頼れる兄貴って感じで」

「わかる人にはわかりますよね。この魅力」

調子に乗る朝倉と、呆《あき》れる清水である。

通りがかった沢井が「なにやってるの」と目線で聞いてきたので、朝倉は居住まいを正した。

「俺の知り合いは指導医に一日百回、キレられてたって言ってましたよ」

「す、すごいですね……。私なら諦めてしまいそうです。どうやって乗り切ったんですか？」

「ポジティブに考えるようにしてたんじゃないすかね。今日は六十回しか怒られなかったとか、ネタにしてました。数えてるんかい、と思いましたが」

「……天賦《てんぷ》の才ですね、もはや」

原田は感心するばかりである。

そんな真面目な彼に、朝倉はふと尋ねてみる。

「そういえば、原田さんはなんでうちの病院にしたんすか？」

「助教時代も、医学生時代もお金のことで妻には苦労をかけてしまいましたし、奨学金の返済もあるほか、小さい娘がいるので今後の生活を考えると給料のいいところにしようと思いまして。私みたいなおっさんだと、人気病院は難しいですし、立地や給与、研修環境などを総合的に判断した感じです」

年を取ってから医学部に入学すると、いろいろ現実的な面と向き合う必要が出てきて、ひたすら医学に向き合っていればよい、とはならないのだ。

とはいえ、再受験をする人は珍しくない。

「そりゃ大変っすね。でも、風見の同期には六十代の研修医もいたらしいし、原田さんはまだまだ若いっすよ」

「六十代⁉　すごいなあ……」

「それに大変なだけじゃなくて、娘さんはやっぱり可愛いんじゃないすか？」

「ええ！　本当に、それが生きがいですね」

原田は心底嬉《うれ》しそうに笑う。

「娘さんのためにも頑張らないとっすね」

「そうですね。負けてられない。頑張ります！」

張り切る原田を見て、大丈夫そうだと判断して朝倉は自席に戻る。研修医は環境に慣れずに潰れてしまう者も多く、気を遣っていたのだ。

そんな彼の様子をこっそり見ていた沢井であったが、彼と目が合うとなにも気にしていなかったとでも言いたげな態度を取るのだった。

8　沢井と家族の未来（1）

沢井詩織は精神科ローテ中、精神科医の藤木《ふじき》および緩和ケアチームの看護師野宮とともにがん患者の診察に当たっていた。

がんは患者に強いストレスを与えてしまうため、身体的な面に加えて、精神的なアプローチも肝要である。

「この病院ではあまりメインにしていませんが、私は精神腫瘍科《せいしんしゅようか》が専門なんですよ」

藤木が自分のバックグラウンドを沢井に話していた。

沢井はどういう仕事内容なのか、聞いたことがなかったので聞き返す。

「精神腫瘍科ですか？　恥ずかしいのですが、あまり詳しくなくて……」

「そうでしょうね。ほとんどいませんからね。……簡単に言うと、がんの患者さんは治療を受ける大変さがあり、がんによる身体的な苦痛があり、心のつらさがあり、社会生活への支障もあるわけです。そうしたつらい気持ちを和らげて、安らかに過ごしていただけるように支えるのが、精神腫瘍科の仕事です」

「……素敵な仕事ですね」

「共感していただけると嬉《うれ》しいですね。もちろん、素敵な部分だけではなく、私たちがつらいと感じる場面もありますが、なくてはならない科だと、私は思っています」

沢井は深く頷《うなず》いた。

それから病棟の患者を巡っていく。

「どこかおつらいところはありませんか？」

問いかけに、患者はわずかに首を振って答える。緩和ケア科に入院している患者は末期がんの人も多く、そうなると全身状態も悪いことが多い。

藤木は病室を出てから、沢井に話をする。

「病院によっては、緩和ケア科の医師がおらず、私がそちらも対応することもありますが……当院では栗本《くりもと》先生がいらっしゃいますから、あくまで精神面の対応になりますね」

「分担ができているんですね」

「ええ。身体科の先生がいらっしゃると助かります」

担当医が複数いることで、それぞれの専門からのアプローチが可能になるのだ。

「末期の患者さんに関わるすべての医師は、緩和ケアについて知っているべきだとは思いますが、専門でなければ判断が難しい状況もあります。沢井先生は緩和ケア研修会を受けましたか？」

すべての医療従事者が基本的な緩和ケアの知識、技術、態度を身につけるために行われている研修会なので、研修医の大半は受講することになる。

「はい。ですが、実践できているかと言われると自信がありません」

講義で学んだ知識があっても、そのままでは実臨床には生かせない。特に、患者さんとの関わり方については。

「一緒に学んでいきましょうね」

「お願いします」

沢井は藤木とともに患者のところを回っていく。

やがて藤木は一人の病室の前で、一瞬だけ暗い表情を見せたが、すぐに元の様子に戻った。

「失礼いたします」

個室に入ると、若い女性がベッドにおり、その側《そば》には夫と娘二人が付き添っている。

子宮《しきゅう》がんの患者である佐伯優香だ。

「先生、お世話になっております」

佐伯の夫が頭を下げる。

すぐさま佐伯優香は二人の娘に視線を向けた。

「ほら、ご挨拶しなさい」

「こんにちは！」

娘二人が元気よく頭を下げる。礼儀正しく育てられているようだ。

藤木も二人に目線を合わせてから、「こんにちは」と返した。それから患者に向き直る。

「具合はいかがですか？」

「落ち着いてますよ。今は痛いところもありませんし」

「せっかくの家族の時間ですので、お邪魔しても悪いですし、また来ますね」

「お気遣い、ありがとうございます」

診察もそこそこに、藤木は部屋を出る。

ほとんど得られた情報もなかったが、それには事情がある。

「今はコロナのために面会制限もありますから、貴重な時間を過ごさせてあげたいと思います」

「そうですね」

大切な家族といられる時間が限られているのだから、それを診察で潰す理由はない。

「それに……きっと、あの場で本音は話してくれないでしょうから」

どういうことだろうかと沢井が考えているうちに、藤木は次の患者のところに向かったため、そのあとを追っていく。

（そんなに、年の差もないよね）

自分も将来、結婚して子をもうけて家庭を大事にするようになったときに、病気が見つかったらどうなるだろうか。

そして伴侶や残される者たちはどうなるのだろう。

あの家族の未来を考えると、胸が苦しくなる。

医学に私情を挟むべきではないと理解しつつも、ドライにはなりきれない。沢井は佐伯のことが気になって、おぼつかなく思うのだった。

耳鼻科《じびか》外来で、朝倉は八十代の男性患者を相手に診察を行っていた。

「城島《じょうじま》さん、今日いらしたのは耳が聞こえないからですね」

「んあぁぁあ⁉」

聞こえないとばかりのジェスチャーをしながら、城島は大きな声を出す。

朝倉は困惑しつつも、「いつからですか」と尋ねるのだが、「あんだって？」と返ってくる始末だ。

いくつかの質問を繰り返すが、「はあ？」「なに言ってるのかわからん」と、これではらちがあかない。

「耳を診察させてくださいね」

朝倉が耳を示すと、城島はようやく納得したようだ。

明らかな視診上の異常はないだろうかと、朝倉は耳鏡を手に取る。耳鼻科《じびか》には喉《のど》や鼻、耳を見る器具があるのだが、救急外来でもそれらの部位に問題を抱えた患者も来院するため、診察技術を身につけておくといざというときに役立つ。

早速、城島の耳を見た朝倉は……。

（耳鏡すらいらねえじゃん！）

耳の穴がわからないほどの耳垢《みみあか》が詰まっていた。

「耳垢塞栓《じこうそうせん》ですね」

「時間がないって？」

「みみあか！　たくさんありますよ！」

朝倉が大きな声を出すと、

「ああ、そうかそうか」

ようやく城島に届くのであった。

朝倉は診察を終えてから、別室で処置を行うことにする。

「先生、先ほどの患者さんですが、耳垢塞栓でした」

指導医に報告すると、「よし、じゃあ取ってみようか。なにか困ったことがあったら呼んで。取れなかったら、溶かしてから取るし、無理しなくていいから」との返事である。

（……適当だなあ）

一人医長で忙しいとはいえ、これも性格だろうか。

（信頼されてるってことにしておくか）

優秀な研修医と見なされているんだと思い込むことにした朝倉である。

さて、朝倉が処置室に行くと、城島が待ちわびた顔をしていた。

「痛かったら教えてくださいね」

朝倉は耳鏡を使いながら耳垢鉗子《じこうかんし》で耳垢をつまんでいく。耳垢鉗子は耳に使用する器具であり、手で視界が遮られないように中心が折れ曲がった形をしており、細かい作業がしやすくなっている。

救急外来では耳に虫が入ったなどの外耳道異物《がいじどういぶつ》の患者も受診するため、耳垢鉗子はたまに使用するとはいえ、慣れているわけではないので慎重に行う朝倉である。

器用なもので、塊《かたまり》をしっかり掴《つか》むと、崩さないように引っ張り上げていく。

(よし、よし……!)

巨大な塊《かたまり》が取れて安堵《あんど》し、すっきりする朝倉であるが、

(まだあんのかよ!)

さらに奥にもガッツリ詰まっている。

朝倉は時間をかけて耳垢《みみあか》を取り除きながら、

(平和だなあ)

とか、

(ずっとこんな作業だけなら、耳鼻科《じびか》もいいんだけどな)

などと考える。

一般に想像される耳や鼻のトラブルに関する内容も耳鼻咽喉科《じびいんこうか》の領分だが、鼻出血で血が止まらなかったり、急性喉頭蓋炎《きゅうせいこうとうがいえん》で窒息の危険性があったり、はたまた喉頭《こうとう》がんで重い手術をしたりと、生命に関わる疾患も少なくない。

朝倉はどちらかといえば、救急は好きなほうではなく、そうした症例も診《み》ないといけないと思うと、別の科にしたほうがいいか、と考え直すのだ。

無心で耳を掘り続けることしばらく、やっと終わりが見えてきた。一方だけでなく反対側も詰まっていたため、かなりの時間がかかってしまった。

ようやく塊はなくなり、鼓膜《こまく》が見えるようになった。細かいものを取り除いたら終了だ。

「城島さん、どうですか?」

「すっきりしたなあ、どうもどうも」

「たくさんありましたけど、いつから聞こえなかったんですか？」

「ずっと前だなあ」

「次はもう少し早めに来てくださいね」

城島は礼を言いながら、すっきりした顔で帰っていく。

彼を見送ってから朝倉は外来の待合を眺めると、そこには小さい子供も見られる。中耳炎《ちゅうじえん》などで受診する子も少なくないからだ。

（医者としてじゃなくて……親として、関わる日もあるんだろうな）

自分も家庭を持ったなら、付き添いで来ることもあるだろう。医師といえども、一人の親にすぎないのだ。

朝倉は少し違う視点を持ちながら、耳鼻科外来に戻るのだった。

9 風見と血潮（2）

消化器内科外来で、風見は大林の診察に同席していた。

「じゃあ、なにもしないって言うんですか！」

苛立《いらだ》たしげな声を上げたのは、患者の三男である。

一方で患者自身は車いすに座ったまま、微動だにせず沈黙していた。

九十歳で施設入所中の患者であるが、食欲がなくなってきたとのことで、空知総合病院を受診したのだ。

「CTで明らかな悪性病変はありませんでした」

CTの解像度ではっきりする大きながんは見つからなかった。その旨を伝えたのだが……。

「じゃあ、内視鏡の検査とか、やったらどうなんですか？　なんでやらないって言うんですかね！」

疑問をただ口にしているというよりも、責め立てるような口調であった。

対面して間もない状況だというのに、突っかかってくる患者や家族はいる。信頼関係が築けず、お互いになんのメリットもないのだが……。

大林は慣れた様子で続ける。

「まず、リスクがつきものの検査だということをご理解ください。高齢では腸管穿孔《ちょうかんせんこう》を起こす可能性もあります。それから大腸カメラにおいては検査の前に薬を使って排便を促し、腸をきれいにしますが、下痢《げり》になり、我々のような健康な人であってもきついものです。そこまでして検査を行うメリットがあるかどうか、という話です」

「だーかーらー……。その意味があるかどうかって、そのために検査をするわけですよね？　やんないとわかんないからやるんですよね？」

「仮に見つかったとして、高齢であり、これまでの病気もありますから、手術や抗がん剤などの治療は難しいでしょう。そうなると、見つける意義が乏しいわけです」

見つけて診断をつけることの意義がどれほどあるのか、ということは常々考える必要はあろう。その上で、行うかどうかを判断すべきであるが、

「いや、もういいわ。話になんない」

患者の三男はうんざりだ、というそぶりを見せる。

「大学病院に知り合いの医者がいるし、そっちで相談するから、こんな病院来なくていいわ」

「そうですか。わかりました。お大事にしてください」

大林があっさりと話を切り上げると、患者の三男は面食らったような顔をする。少しでも譲歩すると期待していたのかもしれない。

大林が診察を打ち切ったため、患者の三男はなにか言いたげであったが、舌打ちをして退室していった。

風見はその様子を眺めてから大林に尋ねる。

「……あの対応でよかったんですか？」

「病院はいくらでもありますから、行きたいところに行けばいいでしょう」

「それはその通りです」

大林は事の顛末《てんまつ》をカルテに記載する。

「信頼関係が築けない以上、侵襲的《しんしゅうてき》な処置はトラブルの元になります。医師の応召義務《おうしょうぎむ》は、あくまで診察を求められた場合によるものですので、死に瀕《ひん》した状態でなければ、相手を無理に引き留めてまで診察しなければならないものではありません」

彼はきっぱりと告げる。

「患者の大半は普通の人ですが……時折、受診してやってる『お客様』なんだからなにをしてもいいという態度の、勘違いした人がいます。医師と患者は対等な関係であり、診療契約に基づいて治療が行われるわけです。不満があるのなら、納得のいくところに行ってくださいとしか、私には言えませんね」

「確かに……ぜひうちで診療を受けてください、とはなりませんよね」

「ただでさえ医療業界は訴訟が多いですから。第一、私には信頼関係のできている患者さんがたくさんいますから、そちらに使う時間を大事にしたほうが有意義でしょう」

何年も医師を続けていれば、数多《あまた》のクレーマーに出くわす。大林はきっちりした性格だから、割り切っているのだろう。

風見はそれはともかく、現実的にどう対応すべきなのかと尋ねる。

「内視鏡検査ですが……全介助の患者さんにとって、どこまで適応があるんでしょうか」

大林は少し考えてから、

「医師、患者の考えによるところも大きいでしょうね」

と告げる。

明確に決まっているわけではなく、よりよい選択を相談していくことになる。

「上部消化管内視鏡検査《EGD》でしたら、比較的早くできますから、やってもいいでしょう。ですが、先ほども言いましたが、下部消化管内視鏡検査《CS》においては経口腸管洗浄剤を飲めない方では、しばらく絶食にして行うか、胃管を入れて流し込むなど、負担も大きくなります」

食事を入れない期間を作って腸管を空っぽにしたり、胃に入れた管から薬を流し込んだりと、方法がないわけではない。

しかし、そこまでのメリットがあるかと言えば……。

「大量の血便を出している状況であれば、出血により死亡する可能性もありますから、やる意味はあるでしょうね。もちろん、それが絶対的とは言いません。家族や本人と相談し、点滴など保存的治療を行って経過を見て、ダメな際は天命と見なすという考えもあります」

「着地点を見据えた上で、行うべきということですね」

「ええ。どんな医療であれ、そうでしょうね。とりわけ高齢者では、家庭により目指すゴールも違いますから」

患者の苦痛を取って安楽である状態を望むのか、ひたすら寿命を延ばすことを優先するかなど、なにを最善とするかの考えは個々人により異なっている。

　風見は大林の言葉をよく考える。

「……難しいですね」

「先生も来年からは主治医になりますから、気をつけたほうがいいでしょう。たとえば親の年金で生活している人もいます。以前に、遺言書を書かれたら遺産が自分に回ってこなくなるから親を退院させないでくれと、治療もしない方向で強く進めようとした親族もいました」

「なんと……！　先生はどうされたんですか？」

「本人が元気だったため、幸いなことに問題にはなりませんでしたが、偶然とも言えますね。……まず、大前提として患者本人の意思が優先されます。それも明確でない場合は、意思表示ができた状態だった際の意思が推測されますが、現実的にはトラブルにならないように家族の意向を汲《く》むことも多いです」

「トラブルを持ち込む家族の場合は、困りますね」

「ええ。まったくです。医師としては医療に集中したいものですが、現場にはそれ以外の問題が山積みなんですよ」

　困ったものだと大林は言う。

　やがて彼は気を取り直して外来を再開すると、もはや先ほどの出来事はすっかり忘れて、目の前の診察に取り組んでいた。

（大林先生は、かかりつけの患者さんを大切にしてるんだな）

大林は厳しいが、しっかり診《み》てくれる先生として、患者たちは頼りにしているようだ。彼の理念は伝わっていると言えよう。

風見は医師と患者の信頼関係について改めて考えるのだった。


外来を終えて病棟に寄った風見は、エレベーターの前にいる矢場を見つけた。

本日、彼は退院する予定であり、看護師の松本《まつもと》と談笑している。荷物を持っており、これから家に帰るのだろう。

「お、風見先生、世話になったね」

「矢場さん、自宅でも無理しないでくださいね」

「へへ、無理ない範囲で楽しむかね」

笑う彼に風見が戸惑っていると、松本が忠告する。

「ダメですよ、体を大事にしてくださいね」

矢場はなおも笑っていたが、冗談なのか、本気なのかははっきりしない。もちろん、なにかしらの心境の変化がなければ、飲酒するのは間違いないが。

「なにかお困りのことがあれば、いつでもご相談ください」

「お、そんじゃ、頼りにして酒でも飲むか！」

「本当に危ないですから、やめてくださいよ」

風見が困りながら注意すると、矢場は少し寂しげな顔をする。

「どうせ、先生もすぐいなくなるんだろ？」

風見は息が詰まるような気がした。

――患者のことを本気で心配して、自分は声をかけていただろうか？

この病院で二年間の研修を終えたら医師として自立するが、新専門医制度が始まったため大半の医師は専門医研修を行うために大病院に行かざるを得なくなった。

(地域の人にとっては……)

その姿はどう映るのか。

医局人事で派遣されてくる医師は一年でいなくなるケースも多い。それに対する患者からの不満は耳にしたことがあるが、研修医である自分とは無縁の話のように捉えていた。

しかし、自分も来年には……。

研修医だから持ち患もいないと、他人事《ひとごと》のように考えている気持ちに気づかされた。

「先生がいるうちは、やめておくかな」

風見が答えられずにいるのを見透かしてか、矢場はそう言って肩をすくめた。こういうところがあるから憎めないのである。

「そうしてくださいよ、まったく」

松本が呆《あき》れながら告げたところで、エレベーターが到着した。

「お大事にしてくださいね」

スタッフたちとともに風見は矢場を見送る。彼はひらひらと手を振っていた。

エレベーターが閉じてから松本は嘆息する。

「どうせ飲みますよ、あんなこと言っておいて」

松本はなにかとはっきり口にするタイプだから、矢場のことは言いたい放題である。

風見がエレベーターを見つめていると、松本が視線を投げかけてきた。

「……風見先生？」

「あ、いえ。どうしたらいいのかと思いまして」

「少なくとも、もう血を吐いて受診しないことを祈るしかないですね」

「そのとおりですね」

風見は苦笑いしつつ、スタッフステーションに向かう。

矢場の言葉を一つ一つ反芻《はんすう》しながら。

（僕がいるうちは、か）

患者との関わり方を考えていると、廊下で一年目研修医の横峰修平を見つけた。彼は指導医と向き合っているのだが……。

「そんなことも知らないの？　大学で習わなかった？」

強い口調で詰められていた。

（うわあ、廊下でやられるの嫌だよなあ……）

スタッフたちの目もあり、患者もいる場所であるため、やけに目立ってしまう。横峰は居心地が悪そうにしていた。

「話聞いてるの？」

「はい」

「はあ。勉強しておいてよ。半端な気持ちでやってたら、医者としてやっていけないから」

それで説教が終わったのか、指導医が去って行く。

横峰はうつむきがちであったが、顔を上げたときに風見と目が合った。

（あー……タイミング悪い）

あんな姿は見られたくなかっただろうに。

気づかれないうちに通り過ぎるつもりであったのだが、こうなった以上は方針を変えるしかない。

「どんまい。あの先生、言い方きついよね。皆、最初は新人なのにね」

いつしかそのことを忘れて、自分は最初からなんでもできていたかのような錯覚に陥る。年次が上になればなるほど、その傾向は強くなろう。

「ええ、まあ……」

横峰の反応は今ひとつである。

落ち込んでいるのかと思いきや、どちらかと言えば不満げな顔に見えた。

（反発するタイプなのかな）

「悩み事？」

横峰は顔を上げて風見を見る。どうやら図星だったようだ。

「なんでも聞くよ」

風見は空いているカンファレンスルームを見つけると、そこに横峰を促した。

入職してから時間がたち、まっさらだった気持ちが、やっていけるかどうかという不安に変わり始める時期だ。

「僕も最初の頃、不安で逃げ出したかったなあ。……今も、自信があるわけじゃないけどね」

病院という場所が恐ろしくて仕方がなかった。

その恐怖は薄れたとはいえ、患者に致死的な疾患が隠れていないか、なにか訴訟に繋《つな》がるようなミスがないかと、危機感は常につきまとっている。

横峰は入職直後の風見を見ていなかったからか、意外そうな顔をした。

「風見先輩は当直に入りまくってるじゃないですか」

「確かに、臆病な人は当直が嫌いかもね」

全科当直では、ありとあらゆる疾患を抱えた患者が来院する。コンサルトも容易ではなく、リスクの塊《かたまり》とも言えよう。

「だったら……やっぱり救急が好きだから、やってるんじゃないですか？」

その問いに、風見はうーん、と少し考える。

「救急医って、確かに自分が地域医療を担《にな》っている自負があったり、重症患者を救うやりがいを求めていたりする人もいるね。確かに救命できたときは、やり遂げたって、ものすごい充実感が生まれるのもわかる。……けど、僕はそういうタイプじゃないよ」

「そう……なんですか?」

「まだ研修医で、経験年数が少ないからかもしれないけどね。でも、この先もそうはならないんじゃないかなって思ってる」

専門分野に進んで学ぶほどに、医学の奥深さにのめり込んでいく医師も少なくはない。

けれど、風見はそうしたタイプではないと自己分析していた。

「判断するのは早いかもしれないけど……慣れすぎたのかな。一日中病院にいるから、『普通の仕事』つまり『日常』になっちゃった。特別なことじゃなくなってきたんだよ」

救急車が来ると言われても、慌てることもなくなった。たいていの患者の症状には似たような経験があるため、対応もさっと頭に浮かぶようになった。

初学者が少し学んだところでやってくる全能感が寄与しているのもあるかもしれないが、実力がついたのは間違いない。

高度な症例であれば専門科にコンサルトするため、救急では初期対応が肝要であり、研修医であっても当直に高頻度で入っていれば、普段やらない上級医より慣れている人もいる。

「じゃあ、どうしてこんなに当直に入るんですか?」

通常、研修医が当直に多く入る動機は、仕事に慣れたい、対応力を身につけたいというのが多い。

だが、風見はそうではなかった。

「最初はお金がなかったからだね。今は……なんていうのかな。僕が大層な仕事をして地域医療を守ってるって思ってるわけじゃないけど……僕は、僕のできる仕事があるからやってる」

横峰はピンと来なかったようで、困った顔をしていた。

だから風見は一般的な話を付け加えた。

「やりがいを求めてる救急医ほど、燃え尽きちゃうんじゃないかな。救急って緊急性のない仕事が大半なんだよ。平日に受診しないで、薬がなくなったとか一か月前から調子が悪いとか、そんな患者が時間外にたくさん来る」

不眠不休で働いているとき、重症患者であれば意欲が湧くが、不要な受診が続くとうんざりするのだ。

「僕はやりがいとかが理由じゃなくて……『居場所がある』って思うからやってるんだよ」

「居場所……？」

「くだらないことかもしれないけど、救急外来の看護師さんとは忙しい仕事をともにする戦友みたいな感じになったし、指導医の先生からも頼りにされて、助かるって言われる。診察は嫌いじゃないし、仕事として不満もない。研修医になりたての頃はなにもできないのがつらかったというのもあるのかな」

自分にできることを見つけて安心したかったのだろう。研修医はローテートもあり環境が頻繁に変わるため、居場所がないと感じる瞬間もある。

存在意義を見失いかけたときに、他者との関係を求めたのかもしれない。

横峰は少し考えてから発言する。

「……高齢の先生が用事もなく病院に来たり、居座って雑談をしたり、構ってほしがるのと一緒ですかね」

「忌憚《きたん》なく言うなあ。そう言われると反発したくなるけど……一緒かもしれないね」

「風見先輩の場合は、どちらかというとワーカホリックなタイプでしたね。失礼しました」

「その発言も十分失礼だって」

風見は横峰を小突くと、彼も嫌そうな顔はしなかった。

気むずかしそうな彼だが、軽いコミュニケーションも嫌いではないようだ。

「医者って、狭いコミュニティで生きてますよね」

「大学の同級生とか、医局の関連とか、なにかしら知り合いで繋《つな》がってるよね。僕はどちらとも縁遠い場所に来ちゃったけど」

大学を離れた風見にとっては、この院内にしか知り合いもいない。だから、なにをするにしても自分の意思一つとも言えよう。

風見が精神的につらそうに見えなかったためか、あるいは慣れているように感じたのか、横峰は彼に告げる。

「風見先輩は、医者に向いてたんですね」

「そう？　確かに、過重労働に耐えられる辺りは適性あるかもしれないけど」

「俺……正直、医者になりたくなかったんです」

横峰は目を逸《そ》らしながら呟《つぶや》いた。

風見はそれで合点がいった。横峰の研修態度は、半ば嫌々やっているようにも見えたが、これが理由だったのだろう。

彼にとっては、この話が本題だったのかもしれない。

「ついこの前まで学生だったし、その気持ちはわかるよ」

「そういうのじゃなくて……親に無理やり、医学部に入れられたんですよ」

親が医者の家庭でなくとも、将来は医者になれと、強いこだわりをもって育てられた同級生は多々いる。医学部の特徴かもしれない。

医学部どころか、大学に入ることすら歓迎されていなかった風見にとっては、あまりピンと来なかった。

「そうなんだ」

「風見先輩は工学部を出てるじゃないですか。羨ましいなって思ったりもします」

親が医学部を強いなければ、横峰は医者にならず違う道を選んでいたのかもしれない。

「周りが医学生や医者ばかりだと、誰にも相談できないよね。皆、医者になるのが当たり前だと思ってるし」

「そうです」

「一般企業への就職とか考えたの？」

「風見先輩とは違うんですよ。医学部から医療系以外に就職してる人なんていませんし」

横峰はあからさまに眉をひそめた。

一方で風見は首を横に振る。

「きつい言い方になるけど……『できない』んじゃなくて、『やりたくない』だけなんじゃないかな。医学部を出ていれば学歴で切られることはないよね。やりたい仕事や学問があったら自分で勉強したり、他学部の講義を取ったりできたでしょ」

「それはそうですが……」

横峰の態度ははっきりしない。

(本気ってわけじゃないんだな)

新しいことに挑戦したばかりのとき、自分に自信がなくて、なにかのせいにしたがる。きっと、彼はこの病院での生活が始まり、壁にぶち当たったのだろう。

だから今になって、そうした言い訳をしたくなった。ここ以外に自分の居場所はあるはずなんだと。

「僕の知り合いには、医療系のベンチャー企業を立ち上げた人もいるし、作家や漫画家になった人もいる。金融業界に就職するケースは増えてきてるし、国試浪人したままアルバイト先に就職した人も知ってる。僕もバイト先から常勤の誘いはあったよ」

「……そんな人たちがいるんですね。僕の周りにはいませんでした」

横峰は呆気《あっけ》にとられた顔をした。本気で違う道を進んだ人の話を聞いたのは、初めてだったのかもしれない。

「自分の可能性を狭める必要はないと思うよ。医学部を出たら医者になるのが一番簡単で、それなりによい人生を歩める確率が高いから、大半の人がその道に進むけれど。本当にやりたいことがあるなら、全力で取り組めばいいんじゃないかな」

「……本当にやりたいこと」

横峰は呟《つぶや》く。

その顔は思い詰めているというより、ぼんやりしているようにも見える。きっと医師になることから目を背けているだけで、ほかにやりたいことがあるわけじゃないから。

「別に、医者になるだけが人生じゃないと思うよ。嫌ならやめたっていいし。僕は流されながらここまで来ちゃったけど」

「そんなこという医者、初めて見ましたよ」

あけすけに言う風見に、横峰は半ば呆《あき》れていた。

「誰も褒めてはくれませんよ。世間じゃ医者になるのに一億円かかるから無責任とか、他人を蹴落として医者になった分だけ働けとか、無関係なところから叩《たた》きたがるじゃないですか」

「あれは都市伝説で教育費用はほかの学部と大差ないし、やめる人も含めた上での定員だから関係ないよ」

「確かに……手厚い教育をしてもらった記憶もないですね」

医学生には講義と病院実習があるが、いずれも大学で働く薄給の医師が行うため、費用はほとんどかかっていないはずだ。

「第一、褒められるからやるわけじゃない。自分の道を見つけたなら、他人の評価なんてどうでもいいし、迷うこともないでしょ」

「……そのとおりですね。医者、やめようかな」

「気が早いなあ」

「どうしろって言うんですか」

横峰はすねているように見える。

だから風見は現実的なアドバイスをした。

「君も『仕事』として研修医をやればいいんじゃない？　やりがいとか、そんな話じゃなくて、きっちり働いてきっちり給料をもらう。生きる糧《かて》としてね。転職活動はその中でもできるし、そのまま研修医が終われば、医師免許はアクティベートされて医師のバイトもできるようになってリスクヘッジにもなる」

医師になるのを嫌がる研修医や医学生たちも、いずれは多くが普通の医者になっていくだろうけれどね、とは風見は付け足さなかった。

ある意味、こうした不満をこぼすのは、研修医たちの通過儀礼のようなものだから。過酷な医師の仕事を受け入れる過程とも言える。ほんの数パーセントの者だけが異なる道を選ぶが、横峰がそうなるかどうかは彼次第だ。

「そんな態度でいいんですか？」

「仕事をきっちりやっていれば誰も文句は言わないよ。誰しも医師一筋でそれしか見てないってわけじゃないいし、悩んで成長していくものなんじゃないかな。研修医の期間って、そのためにもあると僕は思うよ」

　医学だけを学んでいれば立派な医師になれる、というわけでもないだろう。

　さまざまな経験や考えを通して、人としても成長していくのかもしれない。

「あ、指導医の先生には内緒だよ。先生によっては、こういう考えを嫌がる人もいるし。……研修で学ぶべき一番の内容は、処世術だからね」

　風見はしーっと人差し指を口元に持っていき、肩をすくめる。

　横峰もまた、肩をすくめた。それから真剣な顔をする。

「将来のことも考えてみますね」

「うん。……ちょっとは悩み、晴れたかな？」

「なんだかすっきりしました。そうだ、指導医に文句を言われたら、風見先輩に悪巧《わるだく》みを教え込まれたって言いますね」

「いや、それはまずいって！」

　冗談を言う横峰であるが、卑屈な表情には見えなかった。

　これなら少なくともしばらくは研修を続けていけるだろう。

（横峰はどんな大人になっていくのかな）

　風見は彼がどんな医師になるのか、とは考えなかった。将来、どういった形であれ、横峰自身が満足する働きができるなら、それが一番だと思ったから。

　その一方で、対照的な自分のことを振り返る。

（もう、どんな医師になるのか、としか考えなくなったな）

きっと、この一年で少しは医師らしくなったということなのだろう。そしてこれから先、その考えは固まっていくに違いない。

風見は成長を実感するのだった。

10　沢井と家族の未来（2）

五月の連休明け、空知総合病院にはお触れが回っていた。

（とうとう、うちもクラスター病院になっちまったか）

病棟を慌ただしく動く看護師たちを見ながら、朝倉雄介は眉をひそめた。

入院患者において新型コロナウイルス感染症が複数発生したため、正式にクラスターとして発表されたばかりであり、その対策として濃厚接触者の隔離が行われていた。

患者が迷い込まないように、隔離病棟の入り口に障害物として設置されたストレッチャーを押しのけて、朝倉は病棟に足を踏み入れた。

まず、スタッフステーションで情報収集を行う。常に病棟にいるスタッフのほうが状況は詳しいのだ。

「物々しいことになっちまいましたね」

声をかけると、看護師の佐藤が苦笑いをする。

「そうなんです！　今日も、一人新しく咳《せき》をしている患者さんが増えて、今ＰＣＲ検査をしているところです」

「うわ、広がりそうですね……」

クラスターが収束しなければ、この状況がいつまでも続くことになる。

先の見えない不安が広がっていた。

「ＰＣＲプラスだった！」

スタッフの声が聞こえる。やっぱり、という呟《つぶや》きもどこかで生まれた。

佐藤はため息をつきつつも、弱々しい笑みを浮かべた。

「言い方は悪いですけれど……うちの病院が最初じゃなくてよかったって思っちゃいます」

クラスターが出始めた初期の頃は、感染者を特定しようとしたり、非難したりする動きもあった。医療従事者への攻撃的な目も少なくなかったのだ。

今はこの状況に市井《しせい》の人々も慣れてきて、身の危険を感じることはおおむねなくなった。とりわけ、この連休明けに感染者が爆発的に増えてからは。

「一年前は実態以上に怖がられてましたが、冷静になってきましたよね」

「はい。従姉妹《いとこ》が札幌の病院で働いていたんですけど……早い段階でクラスターが起きたとき、外で職場の名前も出せなかったって言ってました」

職業を明らかにしない配慮なども要する状況だった。

「袋叩《ふくろだた》きでしたもんね、あの頃は」

感染のリスクを下げることはできるが、完全なゼロにまでできるわけではない。けれど、それを気の緩みだと世間は叩いていた。

「今はデルタ株が出てきましたし、どうなるかもわかんないっすけどね」

「……落ち着いてくれるといいですよね」

「本当に、そう思いますね」

朝倉はいったん話を切り上げると、電子カルテを開く。

今週中に行われるはずだった予定手術は、すべて中止になっていた。新規の入院患者はストップしている。

(緊急性の高くない入院は延期とはいえ……)

数日以内に治療しなければ死亡するリスクがある疾患は、このような事態でも場合によっては受け入れざるを得ないが、基本的には他院にお願いする方針だ。

まして、そうでない疾患は言うまでもない。

(がんとか、すぐには死なねえけど……)

治療をしなければ、予後の悪化が想定される。

(コロナだけじゃねえよな、影響があるのは)

その他の疾患を抱える患者もまた、治療を適切に受けられなくなってきている。

「医療崩壊」とは、満床のために新型コロナウイルス感染症の患者を受け入れられないということだけではなく、通常の医療も提供されなくなることも含まれていた。

「俺ももらわないように気をつけないといけないっすね」

「朝倉先生は元気そうですけど、無理しないでくださいね」

「ありがとうございます」

佐藤に笑い返す朝倉であったが、病棟に沢井の姿を見つけると、表情を少しだけ引き締めた。

「失礼します」

病室を訪れた沢井詩織は、佐伯優香が沈んだ様子でうつむいている姿を見つけた。

彼女の手元にあるスマートフォンには、二人の娘が並んで笑っている写真が表示されていた。

沢井が声をかけるべきか、仕切り直すべきかと考えたところで、彼女は顔を上げる。

「あ……気がつかなくてごめんなさい」

「いえ、こちらこそ、お邪魔して申し訳ありません」

当たり障りのない会話をしてから、沢井は佐伯の側《そば》に歩み寄る。

「調子はいかがですか？」

「毎回そう聞くけど……よくなってるわけ、ないじゃないですか」

佐伯が苛立《いらだ》った声を上げる。

沢井は失言だったかと思い、素直に頭を下げる。

「申し訳ありません」

けれど、どう尋ねればよかったのだろう。これ以外に、具合の変化を尋ねる言葉があるだろうか。慣れたなら、もっと自然に聞けるようになるのか。

佐伯自身、自分の言葉にはっとしていたようだ。

「……八つ当たりですね、ごめんなさい」

「そんなことはありませんよ」

「わがままな患者でごめんなさい。でも、少しだけ、愚痴らせて。……なんで、会えないのかな。残りの人生、わずかしかないのに。少しでも、娘たちに思い出を作ってあげないといけないのに。ほんの少しの時間でも、惜しいんですよ」

今は新型コロナウイルス感染症のクラスターが発生したため、外部との接触はすべて不可であり、家族との面会すらできなくなっていた。

佐伯は歯噛《はが》みする。

「今までの面会時間もすごく短くて、寂しくて、それでも我慢して、会えるのを楽しみにしてたんですよ。それすらも、そんな時間すらも奪われないといけないんですか……！」

規則だから、ほかの患者を守るためだから、と言うのはたやすい。けれど佐伯にとっては、かけがえのない貴重な時間が、刻一刻とすり減っていくのだ。納得できる理由なんてありはしない。ただ不運であった。

沢井は頷《うなず》き、彼女の話を聞く。それ以上にできることは思いつかず、かける言葉も見つからなかった。

「もう体はだるいし、吐きそうだし、つらくてなにもかも嫌。どうせ死ぬんだったら、今死んだって一緒でしょ。なんで生きてないといけないの。病室でずっと横になってるだけだよね。楽になる薬って、ないんですか」

「それは……」

現状、積極的な安楽死は認められていない。医師として、その方法を取ることはできないのだ。

第一、それは彼女が本心から望んでいることではない。彼女はただ、家族に会いたいと願っているだけ、どんなに自分がつらくても娘との時間を取りたがっているだけなのだから！

「どうにかしてくださいよ！」

悲痛な叫びに、沢井は言葉に詰まる。

佐伯は大きくため息をついて「気持ち悪い……」と呟《つぶや》き、ペットボトルの水を一口飲んでえずいた。

背を向けるように横になると、沢井からは顔が見えなくなる。

「……ごめんなさい、先生に当たっちゃって」

「いいえ。娘さんと、一緒にいたかったんですよね」

「特別なことはいらないんです。普通に過ごしたい。あの子たちに、たくさん一緒に過ごす時間はあげられないけど、その分だけいっぱい、愛してあげたかった」

それが佐伯の一番の願いなのだろう。

このまま急変した場合、最期まで会話もできない可能性もある。

（会えないんだったら……家で過ごしたほうがよかったんじゃ）

沢井にそんな気持ちが湧き起こる。

とはいえ、ぐったりした佐伯を見ると、家での生活は難しいだろうとも感じる。一度、自宅に帰ったこともあるが、体調が厳しく、すぐに戻ってきてしまったのだ。次はないと、本人も覚悟を決めてここに来た。

だから余計な言葉は後悔を生ませるだけだと肝に銘じる。

（コロナなんて、なかったらよかったのに）

家族の時間すら奪われてしまうことが悔しくて、どうにかしてあげたくて、けれどなにもできなくて、沢井は歯がみする。

「困ったことがあれば、なんでも話してください。必ず聞きに来ますから」

「ありがとう。こんな愚痴ばっかりで悪いんですけど、少し落ち着きました。誰にも言えなくて……。誰かが側《そば》にいてくれるだけで、なんでこんなに安心するんでしょうね」

ただ側にいることしかできないけれど、話を聞くことしかできないけれど、彼女の力になれるのであれば、なんでもしよう。

沢井はそう思っていた。

「そういえば、夫が家のパソコンでテレビ電話をできるようにしてくれたんですよ」

「画面越しでも……娘さんに会えますね」

「ええ。面会できるようになるまでの辛抱ですね」

彼女は弱々しく笑う。そのときまで佐伯は希望をもっていられるだろう。

だから早くクラスターが収束するといいと沢井は願う。

「あの子たちに心配をかけてしまうくらい、私が私のままでいられなくなったら、先生、そのときはお願いします」

佐伯は今も、耐えがたい苦痛をこらえている状況なのだろう。

我慢できなくなったときは、意識をぼんやりした状態にする鎮静という方法がある。だが、佐伯は娘たちと会うために、その方法は使ってこなかった。そして今も次に会えるときまで頑張ろうと意思を示した。

その上で、こうしたお願いをしている。

「わかりました」

沢井はしっかりと頭を下げる。

医師として患者の事情に深く関わりすぎている気はする。これが正しい医師と患者の関係なのかどうかはわからない。

そうであっても……佐伯にとって、よい環境を与えてあげたかった。

医師という仕事が、時代とともにただのサービス業に移り変わっていくとしても、患者の精神的な支えになり、頼られるようにならなければならないと沢井は思う。

末期がん患者に関わって仕事を続けていく上で、その責任を背負っていかなければならない。

（家族の代わりにはなれないけど……支えられる存在になりたい）

沢井は自意識の変化を胸に、病室を出るのだった。

それから病棟のスタッフステーションでカルテを記載して、仕事が終わったら研修医ブースに戻ってきた。

椅子に体を預けていても、佐伯のことが頭に浮かんでくる。

（若いがん患者さんだと……つらいよね）

沢井にとっても初めてのことがたくさんあった。

タブレット端末で「鎮静　がん」と検索をかけると、末期がん患者における鎮静の方法を記載した各病院や学会のサイトが出てくる。

患者の死期が差し迫っており、緩和治療は十分に実施されているにもかかわらず、耐えがたい身体的苦痛を体験している状況で行われるものだ。

その医学的な内容に関しては明確に記載されている。しかし、患者とのコミュニケーションに関しては、どのように関わっていけばよいのかという具体的な内容に踏み込んだものはない。

画一的な指針があるわけではなく、患者の意思や考えに基づき、医師が患者の決定を支援するものだからだ。

――自分が考えないといけない。

藤木とも相談し、よりよい方法を……。

「沢井先輩」

声が聞こえて我に返った沢井はタブレット端末から顔を上げる。すぐ側《そば》に一年目研修医の小川美咲がいた。

「少し相談いいですか？」

「うん」

沢井が近くの空いている椅子を促すと、小川は腰かける。

「もう二か月たつんですけど、医師の仕事がつまらなくて……」

自分に声をかけたのは、おそらく四人の二年目研修医の中で一番、医学に対する興味が薄く見えるからだろう。

（二か月でなにがわかるの）

そう反発したくなる気持ちは少なからずある。けれど、沢井は口をつぐんだ。このときばかりは、感情が顔に出づらくてよかったと思う。

「そうなんだ」

「沢井先輩は医師をやっていて楽しいことってあります?」

（楽しいって……つらい患者さんもいるのに）

そう呟《つぶや》きそうになって、小川の言葉にいつになく苛立《いらだ》っている自分に気がついた。

今まではこうした理由で胸が波立つことはなかった。心のどこかで、小川は仕事に真剣ではないと軽んじる気持ちがあるからだろう。

（冷静じゃなかった）

自分でも知らず知らず、佐伯と向き合っているうちに、のめり込んでしまっていた。そして悲観的な考えに共感して、その感情を自分のうちに取り込んでしまっていた。

共感は悪いことばかりではない。

けれど、医療現場には常に不幸な人たちがいるし、そこに引っ張られすぎると、自分たちもまた、ずっとそのような不安定な心境になり、仕事に対する心持ち、ひいては自分の人生全体に影響を及ぼす。

「多少は楽しいこともあるよ」

沢井は普段の自分の考えに寄せた言葉を告げる。

自分がつらい思いをしている患者と接しているからと、他人にそれを強要するのは間違っている。

（一年前は、私も同じだった）

なにより沢井自身も最初から意識が高かったわけではない。患者との関わりが存在する仕事の特異性は、現場にいて経験しなければ、表面的にしか理解できないだろう。

今だって医学に傾倒しているわけではなく、一時的な感傷にひどく揺り動かされていると言われたら、反論する術《すべ》はない。

（未熟、だから）

医師をしているうちに、誰もが一度は、自分が患者の人生に関わる重大な仕事をしているという尊大な気持ちが起こりうるだろう。

驕《おご》り、あるいは若気《わかげ》の至《いた》りとも言える。

上の先生だったら、きっと仕事に慣れているから右往左往するはずがない。精神科ではさまざまな個性を持つ患者と対話するが、藤木はどんな患者と向き合っているときも冷静だった。

小川は沢井に、正直な気持ちを告げる。

「私、二年間の研修が終わったら、美容に行こうと思ってるんです」

「美容？」

「沢井先輩ならわかってくれるかなって……正直、寝たきりでわがままな老人の面倒を見ているより、若い人の生活の質を上げるほうが、有意義な仕事なんじゃないかって思うんです」

年を取ると認知機能が低下し、感情の抑制が効かず、わがままな振る舞いをする者も珍しくはない。

沢井もセクハラや暴言など、嫌な目に遭ったこともある。特に、女だからと舐《な》めた態度を取ってくるのは、世代間の社会的な常識の違いからか、明らかに高齢者に多いように思えた。

「気持ちはわかるけど」

自分の中で、それは差別だろうという気持ちと、確かに嫌だなという嫌悪感と、二つの感情がぶつかる。

医師は倫理的な振る舞いが求められるし、そこから外れた発言をすると、とかく叩《たた》かれがちだ。とはいえ、今は小川と二人の会話でしかない。

小川はさらに続ける。

「美容なら当直はないし、給料がよくて時間外もないし、患者に暴言を吐かれることもないし……」

いい点をつらつらと挙げていく。

小川がある程度話し終えたところで、沢井は尋ねる。

「……それが、小川さんのやりたいことなの？」

「え？」

小川は一瞬、虚《きょ》を衝《つ》かれた顔をしたが、すぐにむっとした様子で言った。

「そんな非難しなくてもいいじゃないですか」

美容なんかをやりたいの、というニュアンスで捉えたようだ。

沢井はそれを否定しつつ、続ける。

「そうじゃなくて……やりたいなら、やればいいと思う。でも、私に相談してきたよね。小川さんの中で、はっきり決まっていないんじゃないかなって」

「だって、将来は仕事がなくなるとか、スキルが身につかないとか、クレームが多いとか、いろいろ言われてるじゃないですか。悩まずに決められませんよ」

「接客業だからSNSで宣伝しないといけなかったり、一人院長だと急な休みが取れなかったり、美容も独自の大変さがあるよね」

一般の医師がSNSに華やかな私生活を載せると、苦しんでいる患者のことを考えろとなどと無関係の人から非難が飛んでくる一方、美容関連だと華やかさをアピールして集客せざるを得ない傾向にある。

「どこも大変だよ」

「そうですよね」

どんな進路に進んだとしても、そこにはそこの苦労や悩みがある。

「だから、やりたいことをしたら？」

その言葉は自分自身にも向けたものだったのかもしれない。沢井は父親との会話を思い出していた。

小川は沢井の言葉を反芻《はんすう》していた。

彼女が考え終わるのを待ってから、沢井は声をかける。

「嫌だなって思ったことでも、慣れたら嫌じゃなくなるかもしれない。なんとなくいいなって思ってたことでも、やってみたら違うってなるかもしれない。ゆっくり、決めてもいいんじゃない？」

小川はまだ一年目だから、時間はたっぷりある。二年目のこの時期になると、早く進路を決めないといけないけれど。

「……そうですね。なんか、焦っちゃってました」

小川は憑《つ》き物が落ちたような顔をしていた。彼女も忙しい研修医生活の中で、周りが見えなくなっていたのかもしれない。

「縫合とか、練習してみたら？　キットあげるよ」

沢井は練習用の縫合キットを手渡す。

小川は「ありがとうございます」と受け取った。

沢井は練習したキットの痕跡を眺める。かなり上達したが、熟練の形成外科医とは比べものにならない。

「一般的な医療だと、治療はやったほうがいい場合が圧倒的に多いけど……美容だとやらないほうがよかったってことも起こりうるよね」

一般的な医療では、副作用などがあるとはいえ、標準治療はおおむねプラスになることが多い。

しかし、美容に関しては主観的な部分も大きく、うまくいったと医師が思っていても、施術《しじゅつ》を受けた本人にとってはマイナスになることすらある。

だからこそ、少しでもリスクを抑えて満足度を上げるためには、技術を磨くしかない。

たとえ美容に行ったとしても、修練の過程や手技自体に興味が持てなければ、長く続ける仕事にはできないだろう。

「練習します」

「うん、頑張って」

こうして沢井はアドバイスしていたが、小川のことだけでなく、自分自身も進むべき道を考えなければ。

（自信があるわけじゃないけど……）

患者に寄り添う数年後の自分のイメージが、おぼろげながらも形を作ってきたように思われた。

11　風見と血潮（3）

清水涼子は空知地方にある療養型病院に来ていた。

研修医二年目のうちの一か月間、地域医療を学ぶ期間があるのだ。

「田中《たなか》さんはお変わりないです」

看護師に案内されて回診を行っている最中であるが、ベッドの上にいる患者は身動きせずにじっとしている。

「田中さん、こんにちは。体調はいかがですか？」

清水が声をかけるが、反応はなくぼーっとしている。聞こえているのかどうかすら、判然としない。

「いつもどおりですね」

指導医はあっさりと返す。

そして看護師も慣れた様子で回診を続ける。

「次が佐藤《さとう》さんです。佐藤さんも変わりないです」

「はい」

清水は次の患者のところに行き、「佐藤さん、こんにちは」と呼びかけて挨拶をする。目線は合ったが、やはり会話はなかった。

「吉田《よしだ》さんは昨日お熱があったのでクーリングして、今は下がっています」

「わかりました」

状態が落ち着いている患者がほとんどであり、これといった対応はない。

病室を見回すと、栄養や薬を直接胃に入れるための胃管という管が鼻から入っている患者や、血液中に濃度の高い薬を入れられる中心静脈カテーテルという管が、血管に入っている患者が圧倒的に多い。

自力で口から栄養が摂取できなくなった場合は、胃管から栄養剤を入れるか、高カロリーの濃い点滴を入れなければ、予後は二か月程度に限られてしまう。

それゆえに療養型病院では、それらの栄養投与が行われている場合が多い。

（皆、変わりないなあ）

患者の年齢は八十代が主であり、たまに百歳という超高齢の方もいる。

清水はつい指導医に尋ねる。

「吉田さんの採血とかって、しなくてもいいんですか？」

「いつものことだからね。誤嚥《ごえん》を何回も繰り返しているし、その都度、やる必要はないんじゃないかな。ひどい肺炎《はいえん》になるようならレントゲンを撮ってもいいけど、少しの異変で検査してたら、毎日やることになるよ」

高齢者では、肺炎や尿路感染症《にょうろかんせんしょう》を何度も起こす者が多い。身体機能が衰えているためであり、それ自体はもはやどうしようもない。リハビリを行ったとしても、維持的であり、加齢に伴う身体への影響には誰も抗《あらが》えない。

――常識が違う。

清水はそう感じる。

今までいた急性期の病院では、熱があれば原因をしっかり調べるし、病気を積極的に見つけにいっていた。けれど、ここにいる人たちは「病気を見つけること」の意味が乏しいのだ。

すでに身体機能が衰えて自力での生活ができなくなり、疾患に対する継続的な治療も必要であるため、入院期間の制限がなく長期療養ができるこの病院に入院している。

それは緩やかに最期を迎えるための終《つい》の住処《すみか》とも言えよう。そこでほんのわずか、寿命を延ばすことにどれほどの意味があろう。

ここは苦痛を取るための緩和的な治療を行いつつ、患者が楽に過ごせる場所だ。病院とはいえ、清水には役割が随分と違って見えた。

入院患者のカルテを見れば、全員蘇生処置拒否《DNAR》が取られている。誰も、無理な延命など希望してはいない。

（患者さん、覚えきれないなあ）

療養型病院では、医師一人あたりの担当患者が多く、急性期の数倍にもなる。

病状は安定しているため、特段の対応が必要な患者は少ないのだが、慣れるまでは時間がかかりそうだった。

（全員、同じに見えちゃう）

清水は罪悪感を覚えた。

家族にとっては、一人一人が大切な相手だということはわかっている。けれど、医師としては、患者の見た目などよりも、どんな病気や治療のエピソードがあったかなど、医学的な部分のほうを遥《はる》かに記憶しているものだ。

しかし、ここに来る患者たちは他院で検査や治療などが終わった後に、ゆっくりと過ごすために転院してくる。そういう場所なのだ。

回診が終わると、指導医は「お疲れさまでした」と締めくくる。

「少しだけ、カルテを見ていてもいいですか？」

「どうぞ、ごゆっくり」

指導医は控え室へと戻っていく。

清水は改めてカルテを眺める。すべての始まりは診療情報提供書だ。その内容は非常に簡潔であったり、長々と書いてあったりとさまざまで、記載した医師の性格が窺《うかが》える。

いずれにしても……。

（ここにいたら、最初に自分が関わることってないんだろうなあ）

新たに診断されて通院を始めることと同様に、最期に過ごす場所もまた大事だ。けれど、ゆっくりと穏やかに、ときおり感染などのトラブルを起こしながら、看取《みと》りを待つ人々を見続ける仕事が清水には合わなかった。

すべての病院が全力で治療に当たる場所だったら医療は成り立たない。それでも自分は診断や治療に、積極的に医学に関わっていきたい。

そう思うのは、まだ若いからか。

働き盛りの医師たちが全力で駆け抜ける一方、年を取ってから自分の人生を患者とともにゆったり過ごすには、ここはちょうどいいのかもしれない。

勤めている医師たちは皆、五十歳以上だが、走り続けるのに疲れたとか、体力が持たなくなったとか、オンコールや当直を離れて自分の時間を使いたくなったとか、さまざまな理由はあれど、穏やかに生活しているように見えた。

（来てよかったな）

清水はそう感じる。

自分が医師として求めている環境を、反対側から見ることができた。送り先としての療養型病院を知れば、今後もやりやすくなる。

それは自分が急性期病院に勤める前提での考えだった。

清水が考えている理想も少しずつ、具体化してくる。

（大学に行ってみようかな）

新しいことを学び、研究し、実践していく。もっと医学を知りたいという思いが、清水の感情の一番大きな部分を占めていた。

そうしていると、看護師の声が聞こえてくる。

「村山《むらやま》さん、大量の血便を出しちゃった！」

清水は立ち上がり、現場を見に行く。

どの患者かは、近くに行けば自ずとわかった。血なまぐさいにおいが充満しており、スタッフたちが集まっておむつを外している。

様子を確認すると、赤々とした血が大量に流れ出している。

（内視鏡検査を……）

やらないといけない。

そう思うも、患者の家族はどこまで希望しているのか清水は確認していなかった。それにこの病院では保険上、費用が持ち出しになってしまうし、そもそも自院で検査ができないため他院に紹介をかけることになる……。

あれこれと考えをめぐらせ、どう対応すればいいんだろう、と清水は悩む。

指導医が遅れてやってくると、現状を眺めて看護師に告げる。

「こりゃひどいな。確か、ご家族さんは熱心な方だったよね？」

「そうですね。治療も可能なら転院して、ということでした」

「医師同士《Doctor to Doctor》で連絡するから」

「わかりました」

緊急時などは地域連携などを通さず、直接相手の病院に医師が連絡することも多い。

「空知総合病院にまず聞いてみるかな。あそこはいつも取ってくれるよな」

「はい」

患者を送ってくる先方の都合など、いつもは清水は気にしていなかった。けれど、送り手の視点で見ると、快く対応してくれる病院は頼もしく見える。

「清水先生、救急車に乗っていってもらってもいい？」

「わかりました」

清水は村山の情報を確認し、すぐに行けるように準備をするのだった。


昼休み、食事を買いに院内コンビニに向かっていた風見のピッチに電話がかかってきた。

「はい、研修医の風見です」

『大林です。今大丈夫ですか？』

「はい。なんでしょうか？」

『これから血便の患者さんが救急車で来ます。緊急内視鏡検査を行いますので、先生も来てください』

「わかりました」

『検査が始まるまで少し時間がありますので、ゆっくり来ても構いません』

「ありがとうございます」

大林は風見がこれから食事だろうと気を遣ってくれたのだろう。

一方で風見も、患者の対応を最初からすべきだと考える。研修医はローテート中、大事なところだけ呼ばれる「お客さん」になりがちだが、三年目以降、独り立ちすることを考えると、全部の対応ができるようになっておきたかった。

救急車の音が近づいてくる中、脱水にならないようにお茶だけを口にする。忙しい当直では食事を抜くことも多く、こうした状況にも慣れていた。

風見は救急処置室に向かいながら考える。

（大林先生がいるからこそ、地域の医療が成り立っているんだよな）

内視鏡検査が必要な場面であれば、さっと引き受けてくれて、難しい処置であっても自分でこなしてしまうのだ。

彼がいなければ、ことあるごとに主要都市の大病院への転院搬送が必要になっていただろう。地域で医療を完結するには、人材がいなければならない。

転勤で一年おきに大学の医局から派遣される医師はいるが、技術にはばらつきもあり、安定して治療が行われるようにはなりがたい。

自分もいつかは、大林のように役割を持ち、頼られる存在になれるのだろうか？

考えているうちに救急処置室が見えてくる。中では大林が救急隊からの申し送りを聞いているところだった。

彼に手紙を渡しているのは、同期の清水である。

「あっ、送ってきたのって清水だったんだ」

「そうだよ。風見くん、大腸カメラやるの？」

「大林先生と一緒にね」

「お願いします！」

清水は頭を下げ、風見が承知する。同期だというのに、依頼する側とされる立場になっているのは変な感覚であった。

医師を長く続けていると、こうして知り合いが患者を搬送してくることも増えるのだろうか。救急隊が引き上げようと準備を始めると、清水も慌ててそちらに向かう。搬送した帰りはタクシーを使って自分で帰らないといけないときもあるが、地域によっては帰りも救急車に乗せてくれるのだ。もちろん、途中で救急要請が入った場合はその場に下ろされるとはいえ、ありがたいことである。

風見は患者のところに近づく。

八十代の女性でかなり小柄だ。背中は丸まって、腕もずっと同じ姿勢でいるため硬く拘縮《こうしゅく》している。

それからまぶたの内側の部分が白くなっている。貧血が進んでいるのだろう。

「村山さん、わかりますか？」

「はい」

「これから、検査をやりますからね」

「はい」

いくつか質問をするが、か細い肯定が返ってくるばかりだ。

風見は大林に向き直る。彼は電子カルテ上であらかたオーダーを終えていた。

「そういえば、今はクラスター中ですが……受け入れても大丈夫だったんですか？」

「元々、当院かかりつけの方だったんですよ。送っておいて、なにかあったときに受け取らないのは礼儀に反しますし、やらないと死ぬ危険性がありますから、そんなことは言っていられないでしょう。クラスターが出ていない病棟に入院させます」

大林は無理を通してでも、自分の仕事をきっちりこなそうとしているようだ。だから、風見はそれ以上追求しなかった。

そこで救急外来のスタッフのピッチが鳴った。

「……はい、わかりました。先生、放射線の準備ができました」

「それではＣＴを撮りましょう」

大林が告げると、風見はスタッフとともに、ストレッチャーを押していく。

そしてＣＴ室で造影剤を用いた撮影が始まる。血管に造影剤を流し込むことで、どこかから出血していれば造影剤も一緒に漏れ出て、出血部位がわかるという寸法だ。

映し出された画像によれば、どうやら大腸から血が出ているようだ。

「大腸憩室《だいちょうけいしつ》がたくさんありますね」

便秘などが原因で腸が伸びてできたくぼみを憩室という。出血しやすく、多数ある場合はどこからの出血なのかわからない場合も少なくない。

「ひとまず、入れてみましょうか」

こればかりは、内視鏡検査を行ってみないとわからない。

彼らは内視鏡室に向かい、早速準備を始める。

「全身を覆うタイプのガウンをお勧めします」

大林は言いつつ、普段のエプロンタイプではなく、袖までしっかり覆うガウンタイプの感染防護具を身につける。さらにはシューズカバーまで装着していた。

風見もそれに倣《なら》って同じ格好をする。

(暑いなあ……)

ただでさえ放射線防護具を身につけていて重くて暑いというのに、その上から全身を覆ったため、熱がこもってしまう。

そうこうしているうちに準備が整い、大林が内視鏡を握った。

「検査を始めますね」

始まる前から臀部《でんぶ》の辺りは血まみれになっているが、大林は気にするそぶりもなく、内視鏡を入れていく。

画面は真っ赤だ。

大林はウォータージェットで血を洗いながら、すいすいと内視鏡を進める。

(上手だなあ……)

風見は感心することしきりである。

「お腹《なか》を押してください」

腸管が伸びてしまう患者もおり、その際は内視鏡がまっすぐ進まなくなるため、腹部を圧迫するのだ。

颪見は「失礼します」とお腹を押さえる。

「んぁあああ！」

途端、激しい音を立てて排便が始まり、強烈な異臭が充満し始める。

大林は一瞬、顔をしかめた。肛門《こうもん》付近で内視鏡を握っているため、そこがどうなったか想像に難くない。

颪見がそちらに意識を向けると、

「集中してください。押す場所が違いますね」

圧迫部位を変更するように指示が出る。

颪見がすぐさま対応すると、内視鏡がまた進み始めた。

村山は胃管から栄養剤を投与していたとのことで、腸管内には便が見られる。可能な範囲で観察するが、いよいよ通過が不可能となったら、日をあらためて行うしかない。

真っ赤な便をかき分けながら進んでいくと……。

「憩室《けいしつ》がたくさんありますね。出血点が見つかるといいのですが……」

大林は鋭い目でモニターを見つめる。

やがて、大腸の終わりが見えてきた。その辺りは赤くなっておらず、血が出ているのはそれより手前の肛門側ということになる。

一度奥まで入れてから、しっかり見ながら戻ってくる。それが一連の流れだ。便があるため通過できないかとも予想したが、ここまではうまくいっている。

大林がウォータージェットで便や血の塊《かたまり》を洗い流していくが、それも赤いため血なのかどうか、風見は判断に迷う。

一方で大林は慣れた様子で続けていく。

（見つかるといいな）

風見が祈るように眺める画面には憩室《けいしつ》が何度も現れるが、特段の異常はなさそうだ。

このまま見つからなかったらどうしよう。そう思ったところで大林は手を止めた。

「……これは怪しいですね」

憩室から明らかに血が出ているわけではないが、ウォータージェットで洗っているとじわっとにじみ出てくる。

「クリッピングを行います。風見先生、ファイバーを持っていてください」

「はい」

大林が憩室をクリップで止めるための処置具を操作する間、風見が内視鏡を掴《つか》む。アングルの操作部位と、ファイバーの肛門《こうもん》近くと、処置具の三か所を同時に操作するため、状況によっては手が足りなくなるのだ。

風見が内視鏡を掴むと、どろっとした生ぬるい感覚が伝わってきた。

滑るため、がっしりと掴んで離さないようにする。うっかり動かしたら大林の操作もズレてしまうため、風見は緊張していた。

やがて大林がクリップを憩室に押し当てる。

「打ってください」

「はい」

大林が指示した。バチンと音を立ててクリップが憩室を挟む。完璧な場所にクリップが打ち込まれていた。

ウォータージェットで洗うが、血はにじんでこない。

（止まったのかな）

ほっとする颪見である。

一方で大林は表情を引き締めたままだ。

「これで止まるといいですが、複数から出血していたり、一時的に止血されていたのが再出血したりする可能性もあります」

処置を行ってからも、どうか再出血しないようにと祈りながら経過を見ることになるのが、憩室出血という疾患だ。

大林が再び内視鏡を握ると、颪見は手を離す。

彼の手袋には、生ぬるい感覚が残っていた。

「はい、お疲れさまでした」

しばらく観察を続けるも明らかな出血部位はなく、内視鏡は無事に肛門まで戻ってきた。仮に出血していたとしても、次は腸管をきれいにしてから再検査ということになろう。

「絶食で点滴を行います。風見先生、私は家族に説明してから病棟に行きます。他患の対応もあるため遅れますので、指示を出しておいてください」

「わかりました」

患者の臀部《でんぶ》が拭かれ、新しいおむつを着けられる。

風見もまた、感染防護具をすべて脱ぐ。手袋は真っ赤で臭いがきついし、ガウンや放射線防護具の中のスクラブ白衣は汗でぐちゃぐちゃになっていた。暑いだけでなく、緊張と疲労のせいもあるだろう。

風見は手を洗ってから先に病棟に上がる。

病棟のスタッフは彼に気がつくと声をかけてきた。

「先生、内視鏡終わったんですか?」

「はい。これから村山さんも上がってくると思います。入院の指示を出しますね」

電子カルテに向かって指示を書き始める。消化器内科ローテートも長く続いており、風見も慣れたものだった。

入院時の諸々《もろもろ》をおおかた処理し終えると、大きく伸びをして体の緊張をほぐす。

(大林先生、あっさり処置を終えたなあ)

熟練の技術と言えよう。

病院にとって大切なのは設備より人なのかもしれない。

「かざみん先生、お疲れですねえ」

声をかけられて振り返ると、薬剤師の小桜ゆめが微笑《ほほえ》んでいた。

「そうなんだよ。さっきまで大林先生と一緒に血便の患者さんの大腸カメラをやってたんだけど……血は飛び散るし、放射線防護具《プロテクター》は重くて暑くて汗まみれだし、もうぐちゃぐちゃ」

「お疲れさまです。大変でしたねえ」

大仰《おおぎょう》に疲れたと示す颪見に、小桜も大げさに驚いてみせる。

「ご飯もまだ食べてないよ。……この時間だと、食堂も閉まっちゃったなあ」

院内コンビニなら開いているか。

颪見が考えていると、

「そんなかざみん先生にいいものがあります！」

小桜が宣言する。

いったい、なんだろうか。

「ちょっと待っていてくださいね」と告げてから、少し離れる。しばらくして戻ってきた彼女は、缶を手にしていた。

「試供品のエンシュアです！」

「……エンシュアかあ」

高カロリーの経腸栄養剤であり、濃度が高くどろどろしているのだ。大量の汗をかいたあとに、これは喉が詰まってしまいそうだ。

「しかも、Hですよ」

ハイカロリーの「H」である。その分、いっそう濃い。

「……確かに栄養は豊富だね」

「元気出るかなって思いまして」

「確かに元気は出たけど」

理由はエンシュアではなく、小桜の冗談に対してだが。

「これは試供品です。贈り物は、もらいものですけどスポーツドリンクです！」

「ありがとう。喉カラカラだったんだ」

風見はスポーツドリンクをぐっと飲み込む。疲れた体に染み込んでくるようだ。

一息ついていると、小桜は覗《のぞ》き込《こ》んでくる。

「かざみん先生、なにかお悩みでした？」

「……そんなに顔に出てた？」

「パソコンの前でうなってました。困ったときは、いつでも頼ってくれていいんですよ！」

胸を張る小桜である。

彼女に尋ねる内容ではないような気もしたが、やけに頼もしく見えたので、風見は意見を聞いてみることにした。

「前に入院していた患者さんに、どうせ僕もすぐにいなくなるんだろって言われたんだよ」

「よく聞く台詞《せりふ》ですねえ」

「確かに医師は転勤が多いし、若手はあちこち飛ばされるんだけど、別に自分の意思じゃないかもなあ」

地域医療のために、医師は医局から派遣されている。その制度がなければ、医師は都市部に集中してしまい、地域の医療は維持できなくなる。むしろ、地域のために行われているのだが、患者からすれば、頼りにしていた先生がすぐにいなくなってしまうという、残念な側面しか見えてこない。

「だけどさ、大林先生を見ていると……いつでもこの病院に来れば、しっかり診察してくれるって信頼感があるんだよね」

「かっこいいですよねえ」

「そうなんだよ」

憧れというほどたいそうなものではない。けれど、あのように働いている医師になれたなら、自分に誇りが持てるだろうかと思うのだ。

それは自分が医師として生きていく上で、専門医や博士号といった肩書き以上に大事なことなのではないかと感じてもいた。

小桜は風見をじっと見つめる。

「かざみん先生の意思はどうなんですか？　一つの病院にいたいのか、それともあちこち行きたいのか、ですけれど」

「うーん」

一般的なルートはあちこちの病院で働き、専門医になり、中年になってから一つの病院に定着するという流れだ。

けれど、今の風見の中にある気持ちは……。

「ゆめちゃんのいる病院で一緒に働きたい！　ですかね？」

おどける小桜である。風見が悩みすぎているようだから、空気を和らげようとしたのかもしれない。

風見はまじまじと彼女を見る。

「あの、冗談なので、真剣な顔をされると困ってしまいます」

「案外、それでいいのかもなあって」

「え、ええ？」

困惑する小桜である。

「いろいろと考えたけど、別に僕がいたいならいればいいし、そうじゃないならいなくていい。医局や専門医、地域医療、いろいろ細かいことを気にしてたけど、最後に決めるのは僕の意思一つだなって」

理由なんて、たいそうなものじゃなくていい。

自分を縛っているものは、将来への不安だけなのだ。

それなら一番強い、自分の気持ちに従ってもいい。

「あ、そういうことだったんですねえ。……かざみん先生らしくて、素敵な考えだと思いますよ」

「ありがとうね、小桜さん」

おかげですっきりした。

風見の表情を見て、小桜は嬉《うれ》しげにする。

「どういたしまして。お礼はお寿司でいいですよ！」

「前にもお寿司の話はしてたけど、行ってなかったね。コロナが落ち着いたら行こうよ」

「さては先延ばしにして、うやむやにするつもりですね？」

あと一年で研修医は終わってしまう。

そうなったら、多くの医師は新たな土地に向かうが……。

「ちゃんと誘うから大丈夫だって」

「ふふ、かざみん先生の真面目なところは知ってますよ。楽しみにしてますね」

まだまだ、時間はたくさんある。

風見はこの地域のおいしい寿司店も知らないことに気がつき、ゆっくりと調べてみようと思うのだった。

やがて大林が病棟に来ると、風見をねぎらう。

「お疲れさまでした。指示は特に問題ありませんね」

「ありがとうございます」

「風見先生には今回、内視鏡の処置を手伝っていただきましたが、上達した後は、内視鏡を握ってもらいたいと思います」

「はい」

「見ているのと、やるのでは、感覚も違いますよ。その経験はきっと、風見先生が将来を決めるのに役立つはずです」

見学するのは退屈であっても、自分で操作すると楽しくて、時間を忘れて熱中できることもある。

風見は内視鏡を握っていた大林の姿に、自分の将来を重ねていた。

12　沢井と家族の未来（3）

夕方、佐伯優香の病室に沢井詩織はいた。

主治医である産婦人科医の馬場と、緩和ケアとして診《み》ている精神科の藤木も同席している。

息も絶え絶えな佐伯に藤木が声をかける。

「楽になりますよ」

ゆっくりと薬剤がカテーテルを伝わって流れ込んでいく。

苦痛がいよいよ強くなり、尿《にょう》も出ず、あと数日で……という状況になった。これ以上意識を保っているのも厳しいだろうと判断し、鎮静《セデーション》が行われていた。

まぶたがゆっくりと閉じていく。苦悶《くもん》の表情からこわばりが抜けていく。

ぼんやり、うとうとした状態になると、もう会話は難しい。

穏やかな寝息が聞こえ始めると、医師たちは退室する。それから別室にいる夫と娘たちの元を訪れた。

鎮静に関しての合意のために来院したが、処置を行うためにいったん離席してもらっていたのだが、不安でいても立ってもいられなかったようだ。

沢井らが部屋に入るなり、佐伯の夫は声をかけてきた。

「先生、妻はどうなりました……!?」

「穏やかに眠っています」

「……そうですか。ありがとうございました」

安堵《あんど》したようでいて悔しそうでもあった。さまざまな感情がない交ぜになっているのだろう。

彼は頭を下げてから、震えがちな声で続ける。

「妻がつらいのはわかっていましたが……もう少しだけ、あと少しだけって、続けてきてしまいました。ようやく楽になれたんですね」

病を抱える者だけでなく、その周りにいる者たちも苦痛を抱えている。

夫たちを佐伯の病室に案内すると、彼は妻に寄り添った。娘たちも、幼いながらに状況を把握しており、泣きわめくこともせずにこらえて、母の手を握っていた。

（……皆、つらいのに頑張ってるんだ）

佐伯優香が母として強くあろうとしたのと同様に、夫も、そして娘たちも彼女の思いに応えようとしている。

沢井は彼らの邪魔をしないようにそっと退室する。

スタッフステーションに戻ってくると、藤木も馬場も、あれこれと話をすることなく、看護師になにかあれば連絡するようにと伝えて話を切り上げた。

沢井はしばし、カルテを眺めていたが、先ほどの出来事が印象的すぎて、なかなか気持ちが切り替わらなかった。

ぼんやりしながら研修医ブースに戻り、自席に腰かける。なにをするでもなく、物思いにふけっていると、物音が聞こえた。

朝倉雄介が入ってきたところだった。

「お疲れさん」

「ありがと」

朝倉にはなにも言ってはいないが、彼も産婦人科ローテートで佐伯を診察していたため、沢井の雰囲気からおおよその状況を推察していたようだ。

隣の席についた彼は、バウムクーヘンをのせた皿を持っていた。

「食う？」

休憩にどうかという提案だ。

あまり食欲はなかったが、彼の気遣いは心にしみた。沢井は頷《うなず》きつつ尋ねる。

「どこで買ってきたの？」

「『赤《あか》いリボン』だな」

南空知《みなみそらち》にある岩見沢《いわみざわし》市の菓子メーカーであり、メープルシロップを使ったお菓子が有名で、地元の人たちに愛されている。

空知の中では比較的札幌に近い場所だが、そちらに行く用があったのだろうか。

「いつの間《ま》に行ってきたの？」

「病院見学に行った帰りに寄ってきたんだよ」

「……地方に行くんじゃなかったの？」

朝倉が以前にタブレットで見ていた研修医募集のページは、北海道の中でも僻地《へきち》だったはずだ。

彼は首を傾げていたが、少しして沢井が意図していることに思い至ったようだ。

「ああ、あれはただ給料がいいところを見てただけだ。僻地ほど高くなっていくから」

「そうなんだ」

てっきり、そこに行きたいのだと思い込んでいた。

（よかった）

内心でそう思ってしまった。彼の将来を縛りたいわけではないが、遠距離になってしまうのは寂しい。こうして毎日顔を合わせているのに、急に会えなくなるなんて、耐えられるだろうか。

沢井はほっとしつつ、

「いただきます」

バウムクーヘンを頬張る。

しっとりした食感とともに、メープルシロップの上品な甘みが口いっぱいに広がる。

「おいしい」

「甘いものは落ち着くよな」

「うん」

二人でゆっくりと菓子を堪能する。互いに無言でいても居心地がよく、穏やかな時間が続いていく。

彼は人の心を汲《く》むのが上手で、側《そば》にいると安心する。

（……ああ、そっか）

側にいてくれるだけで安心すると佐伯は言っていた。その気持ちがほんの少しだけ、理解できた気がした。

人と人との繋《つな》がりがあり、自分もまた、助けられている。誰しも、弱っているときは特にそうだ。これから先、医師を続けていればつらいことはたくさんあるだろうし、支え合わなければ孤独を感じることも多いはず。

沢井は父との話を思い出す。

（自分の幸せ。やりたいこと）

沢井詩織個人としての幸せ、そして医師として願う進路。それらは相反するものではないし、かといって一致するものでもない。

人生の中で優先順位を決めて折り合いをつけていくか、自分の力で全部得ようとするか、なにかしら方針を決めていかなければならない。

父は彼女の背を押した。だからちょっとくらい、わがままを言うだけ言ってみてもいいんじゃないか――。

そう思ったが、自分の考えをうまく言葉にはできない。

彼女がしばし困っていると、朝倉が提案してくる。

「もう就業時間も過ぎたことだし、ドライブでも行かないか？」

いつの間にか、そんな時間になっていたようだ。思っていた以上に、佐伯のことで考え込んでいた時間が長かったらしい。

「うん」

「決まりだな」

朝倉が片付けを始めたので、沢井も着替えを済ませる。

用意ができたら二人で病院をあとにする。付き合い始めてから五か月が過ぎ、周囲もそのことを知ったため、一緒にいるところも隠さなくなっていた。

医師用宿舎に戻り、朝倉の車に乗る。

「行き先は？」

「……少し時期が遅れたけど、桜でも見に行くか？」

「うん」

車は南に向かって走り始める。

石狩川沿いの道を通っていくと、土手に阻《はば》まれてはいるが、ときおり川が見える。

「いつも河川敷の辺りを走ってるんだけどさ、この病院に来たばっかりのとき、なんで俺はここにいるんだろうって、いつも考えてたんだ」

朝倉は仕送りしないといけないため、給料の高さを優先して空知総合病院を選んだ。先ほども給料がいいところを、と言っていたが……今はどう考えているのだろう。

「すっかりこの風景にも慣れたし、来年にはもういないと思うと、寂しさすらあるな」

「空知に染まっちゃったね」

「だな」

　国道を走りつつ市街地を抜けると、道路沿いには田畑が広がっている。のどかな風景だ。沢井自身も東京から戻ってきたばかりのときは、都会にいたほうがよかったんじゃないかと思うことがあった。

　けれど、今の生活には満足しているし、来てよかったと感じている。だからこそ、来年はどうするのか、聞いておかなければならない。

「雄介は進路、どうするの？」

「そうだな……やりがいとかは仕事に求めるものじゃないって思ってたけど……やってて苦しい作業とか、気づいたら時間が過ぎてる仕事とか、いろいろあるんだよな。どっちかっていうと、体を動かしてるほうがいいな。頭を使うのは向いてねえ」

「雄介、優秀なのに？」

「余計なこと考えてしまうからさ」

　その気持ちは沢井もよくわかる。朝倉はセンシティブなシチュエーションは好みではないのだろう。

「やっぱり、給料が高いほうがいい？」

　それは地方に行きたいかどうか、という質問とおおむね一致し、沢井と離れ離れになることを選択しようとしているのか、と尋ねたも同然だ。

「そりゃ高いほうがいいだろ。生活の糧《かて》を得るのが第一の目的なんだしさ」

「そう、なんだ」

沢井はうつむきがちになる。それを朝倉の言葉がとどめた。

「けど、金のために生きてるわけじゃない。俺はでっかい幸せを掴《つか》むために努力してるし、金もその一部にすぎない」

そもそも彼は金を追い求めていたのではなく、金で苦労して幸せを逃してきたから、必要なものだと言っていただけなのだ。

沢井はちょっとばかり、冗談めかして尋ねてみる。

「心変わりした？」

「金の亡者《もうじゃ》だったみたいに言うなよ。……いや、心変わりと言ってもいいか。ここに来て……もっと大事なことができたから」

朝倉の横顔は真剣そのもので、彼の言葉が意図するところは沢井もわかった。

気恥ずかしくなる彼女に、朝倉は続ける。

「目の前の幸せを大事にするだけで精いっぱいだからさ。医者としてはダメでも、最高の家庭を持ちたいと思ってる」

それがずっと、朝倉が願ってきたことなのだろう。

「詩織はやりたいことができたんだろ？」

尋ねられ、沢井はすぐには答えられなかった。彼が言う「最高の家庭」と相反する内容かもしれないから。

だけど、先延ばしにはできない。彼の思いに応えるためにも。

「うん……精神腫瘍科《せいしんしゅようか》に進みたいなって。患者さんに寄り添っていきたいと思って」

「そりゃいいな。患者さんも詩織に診《み》てもらったら安心するさ」

「けど、そうした働き方ができる場所も少なくて……」

朝倉と赴任地が合わなければ、一般的な精神科を回ってから精神腫瘍科を専門にするなど、別の方法を考えざるを得ない。

一緒にいてほしいというのは沢井のわがままだけれど、行動していいのはお願いするところまで。もしダメだったなら、無理強いはせずに自分が折れて、一緒にいるために考えをすり合わせよう……沢井はそう決めていた。

だというのに、彼は優しい顔を見せてくれる。

「俺にできることは多くねえけど……詩織が幸せになれる道なら、なんだって応援する」

朝倉は父と同じことを言う。

「詩織は優しいからさ。無理して潰れないようにって……俺はそれだけ願ってるよ。細かいことは気にしなくていい。なんとかするからさ」

きっと、自分のお願いは彼の人生を変えてしまった。医師としての将来だけでなく、生活そのものも。

だから申し訳ないと思うのではなく、ともに歩み、与えられる以上の幸せを彼にもあげたいと沢井は決意する。

「ありがと、雄介」

この幸せと医師としての未来は、両立が難しいものなのかもしれない。本当に一流と言われる道に進むためには、競争の果てにあるものを得たいのならば、なにかを犠牲にしなければならないのかもしれない。

それでもこの幸せとともに、医師として生きていきたいと願うのだ。

「一緒に暮らそうぜ。新居で暮らすための資金は貯《た》めたんだ」

朝倉が家上に金がいると話していたのは、このことだったのだろう。

彼がそこまで考えてくれていたのだと嬉《うれ》しくなり、沢井は満面の笑みとともに頷《うなず》く。

「よろしくお願いします」

朝倉もまた、沢井の答えに嬉しそうにしていた。

「医局人事の転勤で離れ離れにされるなら、教授をぶん殴ってでもやめてやるさ」

「……ほんとにやらないでよ？」

「冗談だって。バイトを中心にしてもいいし、なんなら医者をやめて専業投資家として生きていくのもいいな」

その生き方は医師としてはドロップアウトということになり、まともな働き方を捨てた、と見なす人すらいる。

そんな人生をも提示してくれる彼は、沢井にとってなによりも特別な人だ。

「雄介、いつもかっこいいよね」

「うん。そういうとこも、好きだよ」

おどけてみせた朝倉は、沢井の素直な笑顔にはにかみ、目を細めるのだった。

（……幸せ）

なにも特別な瞬間ではないけれど、沢井はしみじみとそう感じていた。

「さて、着いたな」

野球場や陸上競技場などの施設が並んでおり、道路沿いには、美しい桜が見えるようになった。

その先にあるのが美唄市の東明公園《とうめいこうえん》であり、空知随一の桜の名所で、約二千本の桜が楽しめる。

「すごいね」

「ゴールデンウィーク中はライトアップされてたみたいだが、もう終わっちまったな」

夜桜を楽しむには、そのときのほうがよかったかもしれない。朝倉が気にしていると、

「でも、今のほうが空いてるよ」

二人でゆっくり過ごせると、沢井が返す。

「だな」

車を駐《と》めて、二人は桜並木を眺めつつ歩いていく。

やがて小高くなった土地が見えてきた。そこには無数の桜が咲いており、美しい桃色と新緑の大地との対比が鮮やかであった。

「きれい」

「だろ？」

沢井は幼い頃にも来たことがあったが、記憶の中で薄れてしまったそのときの印象とはまるで違って、今はこんなにも鮮やかに見える。

朝倉はそっと、彼女と手を繋《つな》ぐ。大きな彼の手に、沢井はぬくもりを感じた。

次第に桃色の中に建物が見え隠れする。

「展望台、行ってみるか？」

沢井が頷《うなず》き、朝倉が頬を緩める。

桜に囲まれた中、組み木の階段を上っていく。展望台は見上げるほどに大きく、そびえ立っている。周囲に高い建造物がないためか、余計に高く見える。

中に入り、一段、二段と上がっていく。果たして、どんな光景が待っているだろうか。

「わあ！」

屋上から大地を見下ろせば、一面が桜の色に染まっている。桜は地面を覆う小さな花の集まりのようにすら感じられる。

沢井はその感動を伝えたくて、隣の彼を見る。

「桜、きれいだよ」

「ああ。詩織に喜んでもらえて嬉《うれ》しいよ」

「……うん。ありがと」

気持ちはいつしか穏やかになっている。病院での出来事を忘れたわけではないけれど、緊張は解けていた。

きっと彼と一緒なら、これからもこのような日々が続いていくのだろう。忙しく緊張が多い病院の時間とは違って平穏で、それでいて退屈しない幸せな日々が。

沢井は朝倉に肩を寄せる。

彼の笑顔はいつもより近くに見えた。

13　命の行く先

風見司は病棟で診療情報提供書を書いていた。

患者を紹介する際だけでなく、それに対する返事も書くのが礼儀とされている。

今回は大腸憩室出血《だいちょうけいしつしゅっけつ》で搬送されてきた村山のものであり、彼は記載した治療経過に間違いがないか眺める。

あれから血便を三度ほど繰り返し、そのたびに内視鏡を行った。もう落ち着いたと思って転院調整を行ってからも出血を来《きた》した経過もあり、また繰り返さないかとひやひやしている。

けれど、不安な気持ちばかりでもなかった。

（血便はなく経過し、採血で貧血の進行も見られておりません）

その一文を見つつ、風見は頬を緩めた。

何事もないのがなによりである。

そして転院先の担当医の欄に清水涼子と指導医の名前を記載してから、

（もうすぐ戻ってくるのかな）

と考える。そして空知総合病院の担当医として自分と大林の名前を記載した。

今はこうして連名だが、いずれは自分と清水だけの名前でやりとりすることもあるのだろうか。

風見はできあがった診療情報提供書を手に持ち、村山がいる病棟に向かう。彼女は新型コロナウイルス感染症の院内クラスターにともなう大林の配慮により、普段担当している病棟とは別のところにいるのだ。

院内の一部の部屋は閉じられており、スタッフはフェイスシールドにガウン、キャップ、手袋、マスクと全身の防護をして入っている。

こうした状況を見ると、ぴりぴりした空気が感じられた。クラスター収束が目前に近づいており、喜ばしい一方で、これ以上の新規発症を防いでクラスター解除となる日は絶対に伸ばさないと、必死になっているとも言える。

病院にとって入退院が不自由になり、収益的なダメージも大きかったというのもあるだろう。

（自由に入退院できるようになるといいなあ）

患者の治療に関しても、そのほうが絶対にいいはず。

そんなことを考えているうちに、目的の病棟に辿《たど》り着《つ》いたのでスタッフに診療情報を手渡し、村山の居場所を確認してから訪ねる。

村山の病室は開放されているが、必要以上には出入りしないほうがいいだろう。用を済ませたら、さっと出てこよう。

彼女は部屋のベッドに横たわっており、相変わらず丸まった姿勢のままだ。けれど顔を見れば、その目には赤みが見える。

「村山さん、体調はいかがですか？」

「んあー？」

聞こえなかったのか、言葉をうまく認識できなかったのか、とぼけた声が返ってくる。

「お元気？」

「はい」

短く、簡単な言葉であれば、うまく理解されることもある。礼儀という面では敬語を使うべきなのだろうが、通じない場合はやむを得ない。

元気ならば、なにも付け加えて話すことはない。

そろそろ転院だが、そうした情報を話すと、『不穏《ふおん》』状態になって家に帰ろうとする患者もいるため、話すのは転院日が近くなってからだ。

風見は再び元の病棟に戻っていく。

（きっと、忘れないんだろうなあ）

風見は下部消化管内視鏡《CS》をずっと練習していたため、最後には大林が彼に内視鏡を手渡してくれた。

上部消化管内視鏡《EGD》、いわゆる胃カメラの場合は一般の内科医が行うこともあるが、下部消化管内視鏡、大腸カメラの場合は消化器内科医が施行するのがほとんどだ。難易度が高く、習熟に時間を要するためである。

そこに足を踏み入れたことは、消化器内科医としての一歩のようにも思われた。

研修医時代の新鮮な気持ちは医師を続けていくうちに変わってしまうだろうし、このときの感情も薄れてしまうとしても、印象的な症例だったことだけは覚えているはず。

風見は今の気持ちを大切にしようと思うのだった。

スタッフステーションに戻ってくると、モニターがけたたましい音を立てていた。そして看護師たちが慌ただしく動いている。

モニターの心電図波形はフラット。スタッフの様子から察するに、心電計の電極が外れているわけではなく、本当に心停止に至ったようだ。

モニターには佐伯優香と表示されている。

助かる人がいれば、亡くなる人もいる。であれば、少しでも人を助けられるような技術を得たいと風見は考えていた。


「……十三時五十二分、お亡くなりになられました」

沢井詩織は深く頭を下げる。主治医である産婦人科医の馬場とともに看取《みと》りを行っていた。

佐伯優香の夫と娘たちは、声を上げて泣いていた。

「お母さん、お母さん！」

体を揺するも、もう愛する人の反応は返ってこない。

「優香！　置いていかないでくれよ！」

こうなることは覚悟してきたはず。それでも、いざ離別の瞬間が来ると、その多大な悲しみに打ち勝つことなどできやしない。

家族の別れを邪魔しないように、沢井は息を潜めている。

彼女は男性が慟哭《どうこく》するのを、初めて目にした。見てはいけないような気がして、それでも目が離せなかった。

やがて夫が顔を上げると、沢井は声をかける。

「苦しくない最期を迎えられたかと思います」

精いっぱいの慰めの言葉であった。

もはや手を尽くしようがない状況では、緩和的に治療するしかない。

緩和ケアを行うのであれば、これからも佐伯のような患者には幾度も出会う。

悲しみとつらさに共感を覚えつつも、沢井は感情をすべて押し殺した。今、つらいのは家族たちだから、自分は冷静な医療従事者でなければならない。

「先生、ありがとうございました」

夫はぐちゃぐちゃになった顔で、掠《かす》れた声を絞り出した。

「席を外しますので、どうぞ最後のお時間をお過ごしください」

「はい」

もう声は届かないけれど、家族だけでお別れを済ませられたらいい。

沢井は馬場とともに病室を出た。

スタッフステーションに戻ってくると、馬場は死亡診断書の記載を始める。

「ああいう光景に立ち会うのはつらいよね」

「はい」

「科によっては、看取《みと》りがないところもあるけど……」

こうしたシチュエーションに対して、受け入れられるかどうかは個々人の性格にもよる。

沢井は繊細だろうと、馬場は気を遣ったのだろう。

「確かにつらい面もありますが、それ以上になにか手助けをできたらと思うので、向き合っていきたいと思っています」

「うん、そっか」

沢井の表情を見て、馬場はそれ以上、追求しなかった。

死亡診断書が書き上がると、馬場は立ち上がり、スタッフにそれを手渡した。

「それじゃ私は戻るから、迎えが来たら一緒にお見送りしよう」

「はい」

外来の途中で死亡確認のために抜けてきたのだ。病院という場所は急変もあり、突然の対応が必要な場合も多く、予定通りには仕事が進まない。

沢井が佐伯のカルテを見直していくと、自分の書いた記載がいくつかある。きっと、これからもう誰も見ることはないだろう。

ただの文字列にすぎないが、彼女と過ごした日々の証左にも思われた。

「お疲れさま。大変だったね」

隣の席にやってきた風見が声をかけてきた。

「ありがと」

「残念だったね」

「うん」

今になって、なにかできることはなかったのかという考えも湧き起こってくる。そんな悩みを察してか、風見が話す。

「医学って、振り返ればあのときこうしておけばよかったって思うこともたくさんあるけど、それはどんな選択であれ、選んだ今があるから言えることだし、その時点での最良だったと僕は思うようにしてる。明らかなミスは別としてね」

はっきりとした正解がない場合も多々あるし、選択の連続で信じた道を行くしかない。

「……そうだね」

「何度振り返っても、前を向いていかないとね」

「うん」

同じ期間、医師を続けてきたはずなのに、風見のなんとタフなことか。

けれど、いろいろと細かいことを気にかけられる自分だからこそできる患者との付き合い方もあろう。

「葬儀屋さん、来ました」

病棟のスタッフが沢井に告げる。見送りの時間だ。

「行ってくるね」

「行ってらっしゃい」

沢井は病棟を出て霊安室前の通路に行く。そこは一般の立ち入りはなく、近くには遺体を運ぶための専用の出入り口がある。

葬儀社のスタッフのほかに、馬場と藤木も来ていた。

藤木は主治医ではないものの佐伯にも深く関わったため、こうして来てくれたようだ。

三人は言葉を交わさずに、じっと待つ。

やがて病棟看護師とともに家族たちがやってきた。

「先生、大変お世話になりました」

そう告げる佐伯の夫は、少しばかり落ち着いたようだ。

高齢患者の家族であれば、無事に看取《みと》ってもらえてよかったとなる場合も少なくはない。けれど、若い患者であれば、納得の上での看取りにはなるはずもない。

それでも佐伯の夫はなんとか踏ん切りをつけようとしているようだ。それは、残された娘たちの前で自分がしっかりしなければならないと、踏ん張っている虚勢であるのかもしれないが。

彼らはこれから三人で生きていく。

やがて葬儀社のスタッフたちが佐伯優香を運ぶための準備をする。佐伯の夫は、その姿を見て、唇を噛《か》んでいた。

「これからもし、つらいことがあれば、いつでもご相談ください」

藤木が精神科医として、佐伯の夫に声をかける。

「ありがとうございます」

伴侶との離別を契機にして、精神的に参ってしまう者も少なくないが、彼がそうならないことを沢井は祈っていた。

「それでは出発いたしますね」

葬儀社のスタッフが佐伯を車内に運び込み、家族たちも同乗する。

沢井たちが並んで見送る中、ゆっくりと車が動き出した。

一同は深く礼をする。ずっと、ずっと。車が見えなくなるまで。

エンジンの音が聞こえなくなると、彼らは頭を上げた。

「ありがとうございました」

「お疲れさまでした」

医師と病棟スタッフたちで声をかけ合い、仕事に戻っていく。

医療従事者は何人もの患者を担当しなければならない。いつまでも感傷に浸ってばかりもいられないのだ。

それでも……。

（ずっと、忘れないでいられたらいいな）

彼女のことを、亡くなった人たちを。

沢井はそう感じるのだった。

14 風見先生

六月、風見司は院長室の前に来ていた。

今年度で院長は交代して、内科医の小森が就任した。日常的に会っている相手とはいえ、面接となれば少し緊張する。

「失礼します」

「どうぞお入りください」

風見は促され、椅子に腰かける。

形式的なものだと聞いてはいたが……。

「風見先生、まさかうちの病院に残るとは思ってなかったよ」

三年目の進路として空知総合病院に残る選択をしたのだ。

小森は履歴書を見て、風見に問いかける。

「当院を志望する理由を教えてください」

「この地域の医療をしっかり学び、実践していきたいと思いました」

「初期研修で魅力を感じてくれたならなによりだね。変更するならまだ間に合うよ」

小森は院長になっても相変わらず明るい性格のようで、軽い冗談を口にする。

「すでに決めましたので、問題ありません」

「先生がいてくれるなら助かるよ。専門医のプログラムには乗らないんだね？」

「はい」

「取りたくなったら、いつでも言ってね。医局との相談になるし、ずっとうちにはいられないと思うけど、話はするから」

「ありがとうございます」

空知総合病院に直接雇用されるため、専門研修プログラムの定員などの縛りもない。それゆえにこのまま院長が承認すれば、風見の雇用は決まるだろう。

ごくわずかではあるが、研修終了後にそのまま病院に直接雇用される医師もいるのだ。

「給料については事務から聞いた？」

「はい」

来年からは研修医としてではなく、一人の医師として働き始める。給料体系も異なっていた。

ちゃんと働けるのだろうかという不安はあるものの、医師の仕事は日々学んでいくしかなく、一朝一夕《いっちょういっせき》に身につくものではない。

「消化器内科の所属になるけど、うちの病院くらいの規模だと、一般内科も診《み》てもらうことになるけど、いいかい？」

「はい。よろしくお願いします」

大林の指導を受けながら、日々診療を行っていく予定だ。

彼にも話をし、「風見先生が納得されたなら応援します」と言ってもらっていた。

「じゃあ、これからもよろしくお願いします、風見先生」

研修医としてではなく、将来は共に働く一人前の医師になる人物として、挨拶をしてくれた。

風見も「よろしくお願いします」と頭を下げた。

それからいくつか話をし、院長室を退室する。

(何事もなく終わってよかった)

人によっては面接や筆記試験などで苦労する者もいるし、この時期になってから連絡をしても、すでに専門研修プログラムの定員が埋まってしまったため断られる人もいるらしい。

(これで決まったなあ)

進路が定まった安心感がある。悩んでいたのもすっきりした。

廊下を歩いていると、小桜ゆめがいた。

「お疲れさまです。かざみん先生、今日は面接だったんですよね?」

「そうだよ。無事に終わった。……小森先生だから、雑談も多かったけど」

「ほっとしましたねえ」

小桜は大きく安堵《あんど》の息をつく。

「いや、安心するのは小桜さんじゃなくて僕でしょ」

「私もですよ。……前に『ちゃんと誘うから』って言ってたのは、こういうことだったんですねえ」

「あのときにはもう、うちの病院に残ろうと思ってたからね」

「……あれ？　それって、お寿司は来年度まで先延ばしってことじゃないですかあ？」

「そういうことになるね」

「ひどいです」

　ふくれっ面になる小桜である。

　風見はつい笑ってしまった。

「冗談だよ」

「仕方ありませんね。かざみん先生の、ゆめちゃんのいる病院に残りたいって気持ちを汲《く》んで、今回は大目に見ましょう」

「そんなことも言ってたね」

「冗談ですよ」

　小桜はふふっと笑う。

「そういえば……『かざみん先生』と呼ぶのも失礼ですかねえ？　ほかのスタッフに示しがつきませんし、威厳がなくなっちゃいますし」

「僕は別に構わないけど」

「そのうち、ちゃんと『風見先生』って呼ぼうとは思っていたんです。でも、私にとっては『かざみん先生』の印象が強くて、その距離感も手放せなくてですね」

　医師と薬剤師としてだけでなく、風見司と小桜ゆめの、大学時代から続く縁を今も大事にしているということだ。

「じゃあ、人前のときだけ風見先生にしてもらおうかな」

「わかりました」

小桜もそれで納得してくれたようだ。

風見は時計を見て、「そろそろ仕事に戻らないといけないや」と、これから行う内容を頭に浮かべる。

小桜は「頑張ってください」と口にした。

「それじゃあ、またね」

「はい。……これからも一緒に仕事ができることを嬉《うれ》しく思います、風見先生」

「こちらこそ、小桜さんと仕事ができて嬉しいよ」

やがて風見は歩き出す。

その姿を見送りながら、小桜は微笑《ほほえ》んでいた。

エピローグ　沢井の幸せ

研修医たち四人は、それぞれの進路について話をしていた。

すでに全員が面接を終え、内定をもらったところである。

「案外、皆に合った科になったよな。意外性がないというか」

朝倉は言いつつ、「風見が専門医取らないのはマジかって思ったけど」と付け加える。

「年を食って入ってきたから、別に肩書きにも興味ないからなあ。むしろ、朝倉が大学に入局したことのほうが驚きだよ」

彼は整形外科の医局に入局したのだ。プログラム内で、沢井と一緒の住居から通える病院に勤めさせてもらおうと相談した結果である。

「確かに朝倉くんって、自由な生き方をしそうだよね」

「世の中、縛られるほうが悪くない関係ってのもあるんだ」

「へえ」

風見は沢井のほうを見る。彼女は平静を装っていたが、ちょっと口元が緩んでいる。

「私も、精神科への入局が決まったよ」

大学病院のプログラムであるが、そのうち一部の期間は医局の関連病院である市中病院に勤めることになる。内科以外の科では、市中病院の専門研修プログラムが少なく、研鑽《けんさん》を積む上でも大学の関連病院を回るほうが都合がよかったからだ。

「じゃあ、僕以外は全員かあ。清水もだよね？」

「そうだね。膠原病《こうげんびょう》内科に入ったよ。来年から大学なんだ」

「清水は賢いし、向いてるよね」

「賢くはないけど……手技がないのだけは、ほっとしてるかも」

笑いながら言う清水である。

もちろん、手技がないことだけではなく、その科の仕事をしたいと思ったのが選択した一番の理由だ。

「なんにせよ、皆が納得のいくところに決まってよかったよな」

「うん」

沢井は頷《うなず》く。

医局からの派遣では他の医師との兼ね合いで、赴任先の変更を余儀なくされることも多々あるし、当初の約束が反故《ほご》にされるケースもあるが、なんにせよこのまま順調にいってくれればいいと、沢井は朝倉に笑顔を見せた。

隣の研修医一年目ブースからは、賑《にぎ》やかな声が聞こえてくる。彼らも無事に打ち解けて、今は互いに相談もするようになった。

朝倉はそんな声を聞きながら、懐かしそうにする。

「俺らが研修医《ホワイトルーキーズ》でなくなっても、また次の新入りが入ってくるんだもんな」

朝倉たちが研修医を終えるときには、また次の一年目が入ってくる。

医師という職業は、そうして連綿と続いていく。

上から下の世代へと、知識や技術だけでなく、患者への向き合い方や生き方、考え方も含めて、受け継がれていくものなのだろう。

清水は昔を思い出して、苦笑いする。

「私たちも最初の頃、少しぎこちなかったよね」

「そう？」

「大きくは変わってない気がするけど……沢井は打ち解けたかもね」

風見は特に誰に対して、とは言わないが、その意図するところは沢井も理解する。

思えば、一年前に出会ったとき、なんと軽い男なのだろうと感じていた彼のことは、今はいつも誠実だと感じている。

「この病院に来てよかったよな」

「私もそう思う！」

「得がたい仲間ができたね」

「うん」

研修医たちは毎日、一緒の時間を過ごして、関係も少しずつ変わってきた。

やがては別の病院に行くことになり、今とはまた違う関係になるだろう。それでもお互いにいずれどこかで会うこともあるだろうし、プライベートでの付き合いはずっと続いていく。

だから、自分たちの選んだ進路に自信を持ち、間違いじゃなかったと思えればいい。今の自分はこんな仕事をしていると胸を張って会えるように。

これから先、医師としても、個人としてもきっと幸せが待っていることだろう。

沢井は明るい未来を思い描いた。

〈『ホワイトルーキーズ 4』完〉

ホワイトルーキーズ 4

佐《さ》竹《たけ》アキノリ

2023年11月10日　第1刷発行

発行者　廣島順二

発行所　株式会社イマジカインフォス
〒101-0052 東京都千代田区神田小川町 3-3
電話／ 03-6273-7850（編集）

発売元　株式会社主婦の友社
〒141-0021 東京都品川区上大崎 3-1-1 目黒セントラルスクエア
電話／ 049-259-1236（販売）

印刷所　大日本印刷株式会社

ISBN 978-4-07-456266-4